亦舒作品

风满楼

亦舒

-作品-

39

CNS
湖南文艺出版社
博集天卷
CS-BOOKY

风满楼

目录

壹 _1

贰 _37

叁 _73

肆 _111

伍 _157

陆 _191

柒 _219

风满楼

壹·

所有的慈母总觉得孩儿变质，
通通因他们交友不慎，
或者干脆一点，是社会的错。

还没有真正到夏天，海水温度大抵还徘徊在十七八摄氏度，水上联欢会已经开始了。

雪白的游艇一只只并列在本市山最明水最秀的菠萝湾，年轻男女挥手与邻船的友人打招呼，他们模仿欧洲人出海的打扮，泳衣外边套一件大毛衣或毛巾衫，苗条的两条腿已经晒成金棕色，这样的活力这样的青春，看上去的确令人心旷神怡。

恒昌号长五十米，第一次落水，簇新的甲板上坐着几个少女，正在调笑。

有人说：“听说宦晖与宦楣就要回来工作。”

另一个哧一声笑出来：“那真是一对活宝贝。”

“是令表兄同令表妹哪。”

“嘿，宦楣要带一个洋人回来，她妈不准，还在讲条件，讲不拢不一定回得来。”

“去年不是已经带过一个红头绿眼的回来住了一个暑假？”

“那个已经分开。”有人抢着说，“她一向喜欢外国人。”

“你最关心宦家的事了，哈哈哈，那是你未来小姑，做嫂子的有没有想过要约束约束她？”

那少女忽然拉下了脸，咬牙切齿地说：“谁同宦家有什么关系！从来没有见过那么好色的一家人，父、子、女，一个模子印出来，荒淫无道。”

大家见她形容得那么严重，忍不住大笑起来，清脆的笑声传得老远，在蓝天白云绿水中淡出。

先头那少女脱下外套，跃入水中。

“她赌气了。”

“她一直以为她是宦晖的女朋友，直到影视明星叶凯蒂在娱乐刊物上大肆宣扬宦晖为未婚夫。”

“她爱宦晖吗？”

“谁，谁爱宦晖？”

“叶凯蒂。”

“谁会同宦晖这样的人谈到爱情问题。”

大家一致通过，此言不差，再次大笑起来。

宦晖同宦楣在他们母亲的眼中，自然不是这样不堪的人。

所有的慈母总觉得孩儿变质，通通因他们交友不慎，或者干脆一点，是社会的错。

宦太太正为子女回家而高兴。

不止一次，她同亲友说：“以往回来，一贯打个转就走，弄得人头晕眼花，现在好了，眉豆可以天天陪我吃茶逛街。”

妯娌们觉得宦太太太过兴高采烈，有意煞她风景，便闲闲地做出反应：“眉豆不坚持同外国人结婚了吗？”

宦太太马上脸上变色：“什么结婚，那不过是普通朋友，在外国认识一两个外国人也稀松平常，在外国怎么可能避得开外国人。”否认得一干二净。

亲戚幽默地称赞宦太太：“品芳你口才好比外交官。”

5

到了晚上，宦太太又是另外一副面孔，趁丈夫宦兴波有空，抓住他开家庭会议。

“眉豆到底把洋人甩掉没有？”

“我的女儿自然拿得起放得下。”

“是吗，像你？”宦太太讽刺地问，“你放下过谁？”

宦兴波连忙说：“她已经答应我，回来好好做人，胡天野地的学生时期已经过去。”

宦太太坐下来：“眉豆那么多朋友，看得顺眼的，也不过只得邓宗平一个罢了。”

“那小子有强烈的自卑感，我实在看不出他有什么好处。”宦兴波犹有三分气，“不是为了他，我宝贝女儿也不会自我放逐到那么远。”

“这事还得怪你，你一副恶形恶状要把人家买下来的样子。”

“真好笑，社会上不知多少有为青年才俊挂行情表，等我宦兴波开价呢。”

“人家不是那样的人。”

“那小子是什么东西，值得我俩到今天还议论他？”

宦兴波走进书房，砰的一声关上门。

如今有牛脾气的人也实在濒临绝种了，宦楣一直这样想：邓宗平是唯一拒绝她与她父亲的人，所以印象历久并未稍减。

过两日就要动身回家，她犹自躺在长沙发里发呆。

宦晖开门进公寓，顺手把车匙门匙摔在玻璃茶几上，铿锵有声。他蹲下来，看着妹妹：“再度失恋？”

宦楣白他一眼：“在说什么？”

“感情变换不算了不起的事，世上最易反悔的合约叫婚约，别的合同上若有什么差池是要吃官司的。”

“重婚也是罪。”

“大可以离了再婚。”宦晖笑，忽然发现妹妹穿着他的毛衣，“眉豆，你胆敢把我的凯斯咪[1]当睡衣穿，速速脱下，不然不放过你。”

正在拉扯，卧房里走出一个人来，冷冷地说：“贤兄妹一天到晚就是嬉戏。”

---

[1] 凯斯咪：即 cashmere，羊绒。

宦楣转过头去："叶凯蒂小姐，你莫非有更好的建议？"

宦晖连忙说："凯蒂，后天就要走了，别入宝山而空手回，去逛皇牌大厦吧。"

叶凯蒂欣然从命，披上外套，出去了。

宦楣在她身后骂："真无聊。"

宦晖挤眼笑道："同比利奥登堡先生彼此彼此。"

宦楣不忿地说："我真不明白母亲为何偏不管你。"

宦晖举起双手："我没有说我要与任何人结婚。"

"报上已经登过千百次。"

"你没有听过谣言这回事？"

宦楣气道："毛豆，你到底站在我这边还是怎的？"

宦晖蹲下来笑着与妹妹说："你不同我争宦氏大厦，我俩就永远是同胞好兄妹。"

后天一行三人还是亲亲热热地上了飞机。

宦氏兄妹只有手提行李，叶凯蒂却有七只箱子，宦楣在大哥耳边说："花得太离谱了，父亲会同你算账。"

宦晖却说："你看凯蒂多开心，我相信日行一善。"

宦楣低下头，也许她有点妒忌，从来没有人在乎她是否开心，老妈一句话，她连唯一的玩伴都得放弃。

飞机抵埠，坐的是头等舱，又没有寄舱行李，宦楣一个箭步，不到十分钟就办妥出关手续，在门口看到老司机，坐上车吩咐驶回家。

“叫小李驶车过来接少爷刚刚好。”

老司机点点头，即时拨通电话。车座上有一份报纸，打开一看，娱乐版头条：叶凯蒂纽约会未婚夫。

宦楣迅速将报纸合拢。

也难怪邓宗平不要同宦家发生任何关系。

嫌他自尊心过强，不如说宦楣更加自卑。

在家受管教的日子一定更加难过，父亲同她谈条件的时候说得很清楚：“眉豆，你不一定要回来，但住在家里一天，一天得守你母亲那套律例，没有人例外，我亦得尊重她。觉得闷便到公司来办公，但是，不准闹新闻。”

也不准搬出去住。

也不准带洋人回来。

也不准异性在屋中留宿。

一视同仁，事实上宦晖所有的秘密情人都没有上过门。

说到后来，父亲声音低下去："给你母亲一点面子……"

在外头怎么样她已经管不着，家里还是尊她为大。

到了家，睡醒以后，收拾心情，出来应酬，已经是一周以后的事。

每天下午游两次泳，吹干头，便开始寻找节目。

她从来不给任何人幻觉她是早上起得来的人，宦楣连午餐约会都不赴，每天过十二点才起床，喝完浓茶方睁得开眼睛，只能在家吃一碗面当中饭。

宦楣自嘲过着二十世纪五十年代舞小姐的生涯，迟睡晏起，无所事事，专等太阳落山才找小白脸共她出去寻欢作乐。

二十世纪五十年代，她母亲年轻的时候，有一首时代曲，是这样唱的："喂喂喂你说什么我不知道……嘿嘿嘿只要欢乐今宵，我们要忘却烦恼，我们要尽情欢笑，来来来你我再一起快乐逍遥，你不要啰唆又唠叨，你不要哭哭又笑笑，有什么话，留着到明朝……"

倒是很恰当地描绘了宦楣此刻的心理状况，反正有的是明天。

歌中的“你”，是她的母亲，真令人惆怅。对一个少女来说，在任何情形之下，这个“你”，都应该是异性才不枉青春。

叶凯蒂约她见面。

宦楣说只有四十五分钟时间喝下午茶。

叶凯蒂有目的而来，是以十分准时，打扮得极之时髦，一进咖啡座即获得无数注目礼。小腰身窄裙子更显得双腿又长又直。

宦楣客观地打量她，可惜此女不用功，有本钱只走捷径，否则以这样的才貌，一定蹿得出来。

两个女孩子不约而同地取出香烟来抽。

叶凯蒂说：“宦晖已经开始上班了。”

宦楣说：“你有什么话，讲吧。”

叶凯蒂放下香烟：“我想请你帮我一个忙。”

“我为什么要帮你，你拿什么来同我换？”

“将来……”

“过去、现在、未来，有什么是你有的而我所没有的？”

叶凯蒂觉得她太过嚣张，立即说：“你没有人爱，我有。”

宦楣一怔，低下头，微微笑：“毛豆爱你？”

“别笑，你连那样的一个人都没有。”

叶凯蒂说得属实。“你想我为你做什么？”

“我想到宦家住一段时间。”

“异想天开，我同毛豆都不准带异性朋友回家，你是知道的。”

“你带我回去，就不是异性朋友了。”

宦楣摇头：“没有可能，我劝你安分一点，你这样咄咄紧逼毛豆，有害无利。”

“你帮我这个忙，将来我做你嫂子的时候，与你同一阵线，你会有许多好处。”

宦楣听了这话，且忍着笑，然后压低嗓子，一本正经地同叶凯蒂说：“何用做我的嫂子，干脆做我的妈吧，家父有权有势，正当盛年，条件比他儿子高千百，你去追他，岂非更加直截了当，届时要什么有什么，整幢宦宅都是你的。”说完之后，自觉幽默，大笑起来。

叶凯蒂脸上一阵青一阵白，实在忍不住，霍地站起来，离开茶座。

她走了，宦楣也就收敛了笑容，无聊地按熄香烟，唤人结账。

侍者过来说：“宦小姐，已经有人付过了。”

宦楣随着他所指看过去，不由得发呆，邓宗平，是他。

他正对着她微笑，用目光征求她同意，离开同桌朋友，坐到她这边来。

宦楣把他那一桌人的面孔通通看清楚，见没有女孩子，心情好得多，随即又嘲弄地想：干卿何事。

邓宗平问：“什么事那么好笑？”

“是因为笑声？”宦楣问。

“不，你一进来我就看到你了。”

“我仍然漂亮？”

“不在话下，且添增了嚣张不羁。”

宦楣看着他的脸，搜索往日的情意，但是邓宗平可不让她找到蛛丝马迹。

宦楣说：“听说你一直没有女朋友。”

“那有什么稀奇。”

“也没有男朋友。”

邓宗平看她一眼："你的语气越来越似宦晖，这不是好现象。"

宦楣忽然伸手过去握住他的手，邓宗平虽然没有挣脱，也没有反应，过了一会儿，宦楣知道无望，松开手。

邓宗平轻轻说："也该找份工作了。"

宦楣站起来："道不同不相为谋，下次再碰见，不用与我打招呼了。"

她离去。

邓宗平只得回到原来的桌子上。

有人问："哗，那是谁？"

邓宗平答："朋友。"

"交情不浅吧？"

"齐大非偶。"

"那你是怎么认识她的？"

邓宗平低着头浅笑，宦楣适才握过他的手，她柔肤那种冷冷的感觉犹在，有限温存，无限辛酸。

怎么样认识她？说来没有人相信。

当年他在法律系已经是最后一年，比什么时候都需要外快帮补生活，而她高二，急于找人补习英文，经无数中间人转接介绍，他到了宦宅。

他坐在会客室等，半晌跑出来一个大眼睛长头发的女孩子，一脸清纯，那个环境配那个长相，完全不食人间烟火的模样。

他呆了一会儿，就摊开课本，为她上课。

一共补习了两年，得到宦氏全家好感，由女主人到司机，都尊称他为邓老师。

他自己却知道，第一个学期尚未完结，他已经辜负了他们的好意。

他自惭形秽，他不但比小眉豆大好几岁，家境普通，且懂得太多，因此苦苦按捺情感。

是宦晖这个鬼灵精先看出端倪，大少爷暑假回来探亲，一见小邓，便伸手过去："你就是邓老师，好家伙，眉豆每次跟我通电话都说起你。"用力握他的手。

如果这名纨绔子弟还有什么优点的话，便是他深爱小妹。

邓宗平还想回忆下去，同桌朋友已经举起杯子："让我们祝邓某人荣任律师公会会长。"

当日的眉豆已不是今日的眉豆，他使她的天真受创，变成现在这样。

刚才他看到她进来，只见一脸厌倦，表情偏激，他已经不认识她，他深深内疚，难辞其咎。

小邓在咖啡厅座发呆，宦楣在车子里出神。

车子不住地在市区中兜圈子，隔了很久，她才想起，约了宦晖有事，他们要商议如何为父亲庆祝生辰。

车子驶到钧隆银行门口，宦晖跳上车来，笑问："你又叫凯蒂好看了？她说你荷尔蒙不平衡，心理变态。"

宦楣也忍不住笑："我见她不知进退，实在讨厌。"

宦晖很含蓄地说："一个人要超越他的环境及出身，进步是不够的，非要进化不可，那样大业，岂能人人做到？"

宦楣脱口而出："邓宗平就可以。"

"这小子的确有点能耐。"他温和地拍拍妹子的肩膀。

宦楣把手臂穿进哥哥的臂弯，头靠着他肩膀，不出声。

老司机在前座微笑，兄妹俩一向友好，从孩提时开始，两人同坐车子，必有这个姿势。记得有一次，小毛豆同顽皮同学打架，头破血流，一脸泥灰，被小眉豆见到，只是靠着他默默流泪。如今长大了，各有各性，这点兄妹情始终不变。

当下宦晖说：“一定有好过邓宗平的人，我给你介绍。”

“你手头上有什么好东西？不说这个了，请客名单拟好没有？”

“不外是父亲的几个老朋友。”

兄妹俩到家后，宦兴波也回来了，脱了外套，便审阅儿子恭恭敬敬递上来的客人名单。

宦太太眯着眼心满意足地旁观，正在欢心，忽然听得丈夫不满地说：“咄，毛豆，这个人还在名单里干什么，快给我剔掉。”

宦太太吓一跳：“什么事？给我看看。”

宦晖莫名其妙，接过名单，问父亲：“是谁，是梁国新？”

宦楣忍不住问：“梁伯伯不是我们的老朋友？”

他们的父亲一声不响，走到园子去。

两兄妹面面相觑。

做母亲的悄悄说：“消息也太不灵通了，梁家出了事。”

“发生什么？”宦晖问。

“上个月梁氏建筑已叫廉政公署封了门，梁国新被控行贿。”

宦晖登时明白了，顺手取过一支笔，便把梁国新三个字画掉，接着走到花园去陪父亲。

宦楣说：“我竟不知道这件事，我得去慰问一下梁小蓉。”

“眉豆，”宦太太叫住女儿，“你识相点好不好？”

宦楣不出声。

“望远镜已经送来了，你还不上天台玩你的游戏去。”

宦太太也走开了。

那张名单落在茶几上，被粗笔用力勾除的名字已经不存在。

宦楣独自在偏厅感慨了一会儿，才到天台去把那具折射望远镜的配件组合起来。

宦晖站在她身边，看她用熟练的手势三下五除二把零件装妥。

他笑说：“你几时盖一座天文馆玩？”

宦楣吁出一口气：“这种三米焦距的望远镜只可用来测定小行星的位置，即使用到十米长的镜筒，如此庞然大物，也只能测量一百光年范围内的恒星。”

宦晖坐下来：“使你觉得渺小？”

“真的，人生既苦又短。”

“听听这是什么话。”

“你看这星空，群星从东方出来，慢慢掠过天空，再落于西方，天秤座在最左边，跟着是处女座、狮子座、巨蟹座、双子座……毛豆，为什么我们还要明争暗斗？”

宦晖大笑起来：“这真要问问你同凯蒂了。”

宦楣赔笑。

“我们的天性就是如此好勇斗狠，也亏得这样百折不挠，永不言倦，再接再厉，人类才有光辉的历史，否则人人内心通明，万念俱灰，那还怎么活呢？”

“今晚，我要寻找北斗星。”

宦晖静了一会儿才说：“你同邓宗平都不爱吃人间烟火。”

“并不是他教会我观星的。”

“但是由他送你第一具单筒望远镜开始。”

宦楣顾左右而言他：“我已经找到大熊座和仙后座了，今夜天空恁地清朗。”

宦晖脱下外套搭在妹肩上："风也很大。"

他下去了。

宦楣在天台立了一个中宵。

且不知道为谁。

第二天她拨电话到梁家去找旧时小友梁小蓉。

"小蓉，我是眉豆呀，我回来了，大家见个面如何？"

小蓉在那头忽然哽咽起来。

"喂喂喂，这是干什么，不是要做新娘子了吗？"

"取消了。"

"我不明白。"

"婚礼取消了。"

宦楣静一会儿，然后很坚持地说："出来再讲。"

"眉豆，谢谢你邀请，我实在没有心思饮宴。"

"那么我来看你。"

"算了，我也不想招呼客人，谢谢你眉豆。"

"随时找我，你知道我这个人不分昼夜，你若想聊天，只要拨一个电话。"

"好的。"

宦楣惆怅地放下电话。

生了大麻风也不过如此，由此可知六亲是多么容易断开。

梁小蓉不肯出来，不肯接受感情施舍。

宦太太看见女儿坐着发呆，过来问："毛豆到什么地方去了，周末也不带妹妹出去玩，我的女儿不是没地方去吧？连我的节目都排得满满的，你何故发呆？"

宦楣笑："你这下子又上哪里去？"上下打量母亲，"这件旗袍嫌窄，为什么不做得大一点，明明是胖了。"

她母亲拍她一下："批评批评就会批评，岑太太请了富华酒店的蛋糕师傅来教我们做甜点，你要不要来？"

"我不吃甜品。"

宦太太坐下来："你父亲叫你到公司帮忙。"

"我不会。"

"公关经理你总会做吧。"

"嘿，见人挑担不吃力，人家许小姐虽有三头六臂，光是敷衍宦夫人你，也已经五劳七伤。"

"去你的。"

"不是吗？连买一份报都打电话到公关组找许绮年。"

“她能干呀，能者多劳。”

宦楣说：“我没有本事，所以我什么都不用做。”

“天长地久，这样疲懒可不是个办法。”

宦楣觉得她母亲用字十分可爱——天长地久，她说，她认为世上确有天长地久这回事。

“我看小说。”

“这些都是什么书，看名字就可吓杀人：蓝血人、盗墓、红月亮。”

宦楣笑：“这些书嘛，与星星有关。”

“我的时间到了，不同你说。”她匆匆出门去。

宦太太这天要学的，是法式千叶蛋糕。

是夜宦楣回到天台，看着满天星斗，轻轻吟道：“C' EST DOUX, LA NUIT, DE REGARDER LE CIEL, TOUTES LES ETOILES SONT FLEURIES.[1]”

她最爱这句话。

邓宗平说观星使她心旷神怡，对她有益。

[1] 出自法语版《小王子》：深夜，抬头看星空，天上所有的星都是花朵。

有一日他问她：“你到底晓不晓得令尊干的是哪一行？”

“他是钧隆银行董事局董事。”

他鼓掌：“好极了，你居然晓得。”

“我无须研究他在外头扮演一个什么样的角色，我只知道他是一个好父亲。”

“你也不能太不问世事。”

“有损失吗？不是你说的吗？以有涯之生命追求无涯之学问，殆矣。”

“我真不晓得该把你怎么样。”

“你可以邀请我私奔。”

清晨四点，宦楣步下天台的时候遇见宦晖开着跑车回来。

兄妹俩不约而同到厨房找东西吃。

“疯狂舞会？”

“最最世纪末的荒淫舞会。”宦晖喝一口番茄汁。

“酒池肉林？”

宦晖不回答，只是满意地笑。

“真奇怪，你对那些永不厌倦。”

宦晖放下杯子："可惜你又不是兄弟，不能带你一起去。"

"但是你可以告诉我。"

"咄，很多事根本不可以言传。"

"在那样的场合中，有没有碰到过邓宗平？"

宦晖诧异道："你知道他是不一样的，他不爱这一套。"

"他仍然没有女朋友？"

"眉豆，要是你想念他，为什么不与他接头？现在你已超过二十一岁，绝对有交友自由，大不了搬出去住。"

宦楣怔怔看着宦晖，过了很久才说："不，我并不想念他。"

"违心之论。"

"我只是没有更好的事可想。"

宦晖打一个哈欠："我十点钟还要开会，不同你说了。"

宦楣看着她哥哥的背影，这老小子也有过他惊险的时刻，前年暑假他同一个美貌的女孩子走，等到邀请人家到欧洲去逛的时候，才发觉伊人只有十五岁半，哗，真正吓出一身冷汗，宦楣从没见过他双眼中有过这么恐怖的神色，想必是真正害怕了，天天坐在她对面诉苦诉到天亮。

“……我真不知道她什么岁数。”“难道查阅她的身份证？”“无论是哪个上帝主宰这个宇宙，盼望饶恕我一次……”听得宜楣耳朵走油，很多次忍不住笑出来。

万幸他的罗曼史并没有被揭发，过了整整大半年，才定下心来，吃一次亏学一次乖，以后交友谨慎许多。

初认识叶凯蒂，他让妹妹去打听人家真实年龄，宜楣查知凯蒂只有十九岁，也吃了很大的一惊，她满以为她有二十九岁，心中窃笑宜晖杯弓蛇影。

江湖真催人老。

就这样已经同宜晖走了两年，也难怪有点不耐烦。

父亲生日宴那天，宜晖并没有带叶凯蒂出席，两兄妹单身主持晚会，努力陪客人寒暄、碰杯、跳舞。

转身的时候，宜楣看到镜子里去，凝视良久。

宜晖借镜子一角打领花，取笑她：“每况愈下？”

无可否认，姿色不能再同十五二十岁时相比。

她问宜晖：“记得我十七岁生日舞会？”

“当然，大约有一百名男生问及你的择偶条件。”

“最近还有没有人提起？”

宜晖避重就轻地笑答："全世界都已经知道了。"

宜楣追着他来打。

招呼起客人来，还是一本正经的，金童玉女似的站在父母身边，使宜氏夫妇觉得十分满意。

宾客虽多，通通是老面孔，今天你装饰我的宴会，过两日我来点缀你的派对，来而不往非礼也，来来去去是这几十个达官贵人，第二天照片又刊登在社交版上叫小市民观赏。

宜太太兴高采烈，绝不言倦，能站在宜兴波身边三十年不变，当然有她的办法，再过十多年，这套功夫就会成为艺术。

在家里举行宴会其实是最累的一件事。

宜楣开小差走到花园去看天。

她抬高头轻轻说："青石板上钉银钉，千颗万颗数不清。"

身后忽然有人说："其实，在任何时候，肉眼在天空所能看到的星，只有三千颗左右。"

宜楣一愣，一边转身一边脱口而出："宗平！"

那人也一惊，欠一欠身：“我不知道你在等人，对不起。”

不，不是邓宗平。

宦楣看了那个年轻人一会儿，冷风一吹，刚才喝的香槟涌上心头，她有点发呆。

“你是哪一位？好像没有人介绍过我们。”

“我老板是宦先生的朋友，由他派我出席晚宴。”

“那应该是熟人了，今日不过请数十位客人。”

“他们的确相当知己。”

来人彬彬有礼，但是背着光站，宦楣看不清他脸容。

“还未请教尊姓大名。”

“敝姓聂。”

“啊，聂先生好似对天文颇感兴趣。”

他笑了：“哪里，我听人说宦小姐念的是天文物理。”

宦楣笑：“可见谣言即是谣言，我修的是文科。”

她转到另一个方向，想在月色下看清楚他的面孔。

他刚刚别过头来，宦楣与他一个照脸，吓了一跳，她没想到陌生人会有一张这样漂亮的脸。

亲友一直公认宦晖英俊，可是与这位客人相比，五官未免失之纤细，缺少一种男子气概。

宦楣忍不住问：“你们是哪一家公司的？”

他笑一笑：“翼轸出入口。”

宦楣对这家公司并没有印象，这并不稀奇，她对父亲的生意一点兴趣都没有。

但是对方对宦家却好似了如指掌。

她说：“快散席了。”

好色是人之天性，漂亮的面孔令观者心旷神怡，宦楣忍不住多看他几眼。

他当然对她有兴趣，不然不会与她攀谈。

宦楣说：“有空再联络，我们一起看星。”

听上去委实太浪漫了：坐看牛郎织女星。

是以他有刹那间失神。

宦楣接着说：“对不起，我要去送客。”

她拉一拉缎子晚服，发出窸窣一阵轻响，转出客厅去。

她一直陪父母站在门口招呼，但没有再看到那位聂先生，他不知在什么时候已经离去。

第二天一早宦楣接到凯蒂的电话，只说要补宦伯伯生辰快乐。

宜榈马上知道凯蒂在打探消息："你放心，毛豆与我都没有带朋友回家。"

凯蒂像是满意了："我有份礼物送给令尊。"

"你给毛豆转交便可。"宜榈搁下电话。

反正已经醒了，她拨到钧隆的公关部找许小姐打听翼轸出入口的来龙去脉。

许小姐笑道："很奇怪的店名是不是？"

宜榈答："并不，二十八宿中南方七宿有翼宿与轸宿，此人毫无疑问是个业余观星家。"

许女士如闻印度文："什么？"

宜榈只是笑。

"有了。"许小姐说，"翼轸的主持人姓聂。"

"有没有名字？"

"聂上游。"

"与我们华洋有什么纠葛？"

"要问贷款部才会知道。"未经上头同意，即使对方是大小姐，也不便透露太多业务上的消息。

“你有没有见过他？”

“没有。”

“那没事了，谢谢许小姐。”

聂上游，可能是他老板，可能是他本人。

下午，她蹭到母亲身边：“妈妈，我好不好请客人回来喝杯茶？”

宦太太即时问：“异性？”

“世上只有两种人，不是男人就是女人。”

“为什么不到外头去玩？”

“我的望远镜并不能手提。”

“不行，一破例便不可收拾，叶凯蒂会把宦家当旅舍。”

宦楣叹口气：“阴阳人呢，阴阳人能不能带回来？”

“小姐，你找份正经工作吧。”

“我还不十分肯定我要做的是什么。”

“你父亲在十八岁那年就已经知道了。”

宦楣笑说：“一代不如一代。”

宦太太终于关心起来：“你要请什么人来喝茶？”

“根本没有人。”

“宗平来不来？来的话就当是我的客人好了。”

“父亲的想法同你有点两样。”

宦太太自顾自说下去：“他益发出色了。有一次下午茶碰见他，特地过来向我鞠躬，还替一桌太太付账，害我感动了三天。现在这样的年轻人真不多见了。”

他的好处也并不止这样，宦楣嘴里却说：“他很会这一套，伪善。”

宦太太不以为然：“一个人若假得令我那样舒服，假得一点也看不出来，我就当他是真的，外边也有人说宦兴波假，我一点不觉得。”

宦楣打趣母亲：“你在恋爱，懵然不觉。”

宦太太说：“去你的。”

她戴上眼镜，在翻阅一本华丽的画册。

宦楣探头过去一看，见是《梅兰芳的艺术》，不禁“哟”一声，马上说：“这是要长期苦练的玩意儿，以我们这样年纪，最宜养生，切忌野心勃勃，不如逛时装店去吧。”

宦太太怔怔地看着女儿。

半晌才说：“眉豆，多亏有你，陪我说笑逛逛散散心。”

宦楣做一个羞愧及无地自容状："像我这种没有用的女儿，也不过会这些。"

真要学好一门功夫，长年累月，除吃饭睡觉外，都得练、练、练。学艺数十年，才能先难后易，苦尽甘来。

开什么玩笑，有什么必要。

宦楣陪母亲去买皮鞋手袋。

她悠闲地坐着抽香烟，宦太太看到这一季的新货兴奋得团团转，每隔五分钟便叫一次："眉豆眉豆，你过来看看好不好？"

于是店里所有的客人都转过头来看谁叫眉豆。

宦楣早已习惯，既来之则安之。

邓宗平不是这样想，他问："你认为我会适应你们的世界，你真的那么想？"

他的姐姐生产后十天便为了卑微的薪水回到工作岗位，他世界里的女人都是苦干的牛，顺服而憔悴。

宦楣抱着母亲的鳄鱼皮手袋怔怔地回忆，跟他补习，她的功课突飞猛进，因为她想讨好他。

现在情况已经改变了吧，他应该有足够能力改善家庭环境。

“眉豆，眉豆，你来看看这靴子好不好？”

到这个时候，宦楣也不得不觉得母亲无聊：“妈，我们又不骑马。”

明明是大家闺秀出身，一旦在小王国内发号施令成了习惯，就直把那种意气使到公众场所来。

宦楣从容地看着母亲，已经上了年纪，让她去吧。

下班的时间到了，街上人群车潮汹涌，一班看样子是自食其力的女士推开店门嘻嘻哈哈地走进来挑东西。

辛苦是辛苦点，但她们有她们的乐趣，买起奢侈品来，一般一掷千金。

宦楣轻轻同母亲说走吧，捧着大包小包，在横街上了车。

宦太太问女儿：“你在想什么？”

宦楣顾左右而言他：“我们去接父亲下班。”

宦太太连忙说：“你太不识趣了，人家下了班还有应酬。”

宦楣看母亲一眼，做这个太太也着实不易，这样超人的忍耐、温和、大方。

“男人的事，我们不要去理他们。”

回到门口，发觉宦氏父子一早到家，正在大门前观赏研究一辆血红色的跑车。

宦晖兴奋不已，手抚车身，不住赞美，看见妹妹回来，连忙喊她：“眉豆过来看爸送我什么。”

“又是一辆跑车。”

“这不同！这是兰博基尼君达，定制三年，今日抵埠。”

宦楣耸耸肩，又怎么样呢，还不是四个轮子一副引擎，用以代步。

“上车，眉豆，我们去兜风。”

眉豆轻轻说：“你应该载叶凯蒂，她会开心。”

宦兴波在一旁呵呵笑：“眉豆，你不说你要什么？”

宦楣笑笑。

宦楣知道她要的是什么，第二天早上，她找到许小姐，一阵“哈哈天气真好”“你的部门请不请人”“我来学习如何”之后，她说：“我想公关部代我找一个人。”

“我们帮你联络好了。”

“我想找邓宗平。”

许小姐是钧隆的老臣子了，当然风闻过这位先生，便不动声色地说："一定办妥。"

宦楣道谢。

她所要的，不过是听听邓宗平的声音。

不到十分钟电话就回复过来了。

邓宗平问："有什么事我可以为你效劳？"声音礼貌大方客气，不带一丝感情。

宦楣想：可把我当一个客户？

宦楣的千言万语都叫他堵住，于是只得说："你知道梁国新一事？"

"听说过。"

"我想去旁听。"

"我可以代你查一查上堂的日子。"

"梁家有我儿时好友。"

"那自然。"

两人沉默良久，宦楣不得不说："好吗？"

"托赖，过得去。"

他身边有人同他打招呼，宦楣被逼知情识趣地说："你忙你的去吧。”

“那我们改天再谈。”

这种失落不是用笔墨可以形容。

稍后律师行的秘书通知宦楣有关的地点与时间。

邓宗平就站在秘书身边，见她说完了，随即问：“宦小姐语气如何？”

“很平常，她叫我等一等，拿支笔记下来。说得很客气。”

邓宗平坐下来，未免惆怅，但他的理智告诉他，也幸亏如此，不然，再见了面，那只冰冷滑腻的小手再搁上他的手，恐怕会有事发生。

过去的已经过去，居然还可以继续做朋友，通消息，已经是一项了不起的功绩。他与她两人为这段感情所吃的苦，不足为外人道。

邓宗平心一阵辛酸，忍不住将头伏在双臂上。

隔壁有人叫他：“邓，邓，你的电话。”

他才打起精神抬起头来应付工作。

风满楼

贰·

他们随音乐起舞，
因为今夜星光灿烂。

那日宜楣为了去看梁小蓉，起了个大早。

在法庭外见到梁家三口，她开头没有把他们认出来，不，不是因为众人形容枯槁，而是连尺寸都忽然不对版了。

梁小蓉与她一起长大，衣服可以调过来穿，如今像比她矮了大半个头，整个人蜷缩着，像是要努力躲藏身体，逃避注意力。

宜楣一声不响，坐到长凳上，伸手过去，握住梁小蓉的手。

梁小蓉呆滞地抬起头来，见是宜楣，无神涣散的眼睛渐渐露出讶异的神色，跟着是感激的泪光。

她俩四只手紧紧地交叠。

律师正在轻轻叮嘱事主，时间到了，法庭大门打开，宦楣拍拍朋友的手，目送他们进去。

她不打算陪他们聆听冗长的审问及答辩。

梁氏夫妇根本没有注意到任何外人的存在。

两人的精魂像是早已离开他们的躯壳，肉身无奈地缓缓蠕动走入法庭，犹如行尸。

两扇大门随即合拢。

宦楣没有即时离去，她坐在长凳上发呆，她不相信那是她所认识的梁国新。

梁伯伯平时谈笑风生，神采飞扬，天生有控制场面的魅力，目光到处，没有一个客人会被冷落。

但是刚才，他什么都没有看到，呆若木鸡，视若无睹。

宦楣心中恻然。

早晓得不应该来，既帮不了人，又令自己不快。

有人轻轻坐到她的身边。

宦楣决定离开法庭，刚握紧手袋想站起来，却听见旁边有人叫她。

她转过头来，看到那张英俊的面孔。“聂先生，是你。”

她有点意外，“我们又遇见了。”

他向她笑笑：“原来你是梁小姐的朋友。”

刚才那一幕，他都看见了。“你呢？”宦楣问，“你认识梁国新？”

“他是敝公司客户之一。”

宦楣站起来。

他说：“我送你一程。”

刚在这个时候，寂静的木板长廊响起急促的脚步声，分明是有人赶着过来，宦楣转过头去看，发觉来人是邓宗平，这时他也看到了她，而且发觉她身边站着个年轻人，小邓不由自主尴尬地放缓脚步。

未待宦楣开口，小邓便说：“今晨我在十号法庭工作。”

宦楣心中有气，那阁下走到西翼来干什么，邓宗平邓宗平，为什么你总是不肯吃一点点亏？

但是小邓接着说：“于是便过来看看你。”

宦楣这才面色稍霁，为两位男士介绍，两个年轻人握手寒暄。

邓宗平问：“你已看到梁国新？”

宦楣点点头。

“那我过去了，有事等着我。”他转头离去。

谁说一切不是注定的，偏偏会在这个时候身边出现第三者，宦楣从不为这种事解释，邓宗平爱怎么想就怎么想，她在感情上最最骄傲，再也不肯特地表白。

这一切，都落在聪明的旁人眼底。

他立刻知道会有点棘手，女孩复杂矛盾的眼神表露所有苦楚爱慕眷恋不舍之情，嘴角带出骄傲矜持无奈。

过了片刻，她转过头来问他：“你是聂上游吗？”

“是。”他笑笑回答，“力争上游。”

“你没有告诉过我，这名字由我自己打听得来。”

他欠欠身：“我的荣幸。”

她喜欢他，觉得他可亲，忽然忍不住诉起苦来：“你看人家怎么样对我。”

聂上游不便置评，只是微笑。

“他已三年没有主动与我联络，一旦看见我身边有位异性，立刻给我白眼。”

聂上游温柔地看着她，他若是一不小心，露出半丝同情之色，便会马上沦为她的弟兄姐妹，万劫不复，不行，他非残忍不可，于是扬声笑起来。

笑声在空荡的走廊激起回音，宦楣受到感染，也笑了起来，开头还有点苦涩，后来笑得浑身畅快。

“来。”聂上游说，“我送你一程。”

到底事不关己，己不劳心，宦楣愉快地离开了法院大厦。

她没有回家，她对他没有戒心，他原是她父亲的客人，在家里认识。

宦楣知道她父亲的脾气，绝不轻易与人结交。

他们在一家私人会所谈天上的星。

真好，幸亏有这样的话题，不然一直说私人故事，不闷死人，也嫌太过赤裸。

聂上游说：“你的口气，比我更似一个天文学学生。”

“呵，请问你在哪一所学校研究，我巴不得有人指点。”

“你真想知道？”聂上游微笑。

宦楣答：“我不会放弃这个机会。”

“宁波大学。”

这个答案意外又意外，宦楣忍不住问："你回到内地去读书？"

他笑："我在内地长大。"

宦楣睁大眼睛看着他。

聂上游咳嗽一声，莞尔道："看仔细没有？

"不不。"宦楣回过神来，"我只是没有想到，我，我的意思是，我不认识，唉，算了，越描越黑。"

聂上游仰高头笑起来，显得神采飞扬，宦楣这才发觉，一套普通深色西装穿在他身上，竟这样潇洒漂亮。

他取笑她，她涨红了面孔。

笑完了，聂上游调侃地问："你在什么地方长大？"

宦楣没精打采地答："在我狭窄的小世界，人人在母亲的怀抱里长大。"

聂上游适可而止，赞道："真是天底下最理想的成长处。"

宦楣怀疑地问："你来到本市有多久了？"

"我先到美国纽约与亲属团聚，住了几年，才被派到这里工作。"

宦楣拍一下手掌，"啊哈！"她抓到他的小辫子，"还不是和西方社会有关系，你有无继续学业？”

聂上游感慨地答：“为口奔驰，哪里还有这种福气。”

这个人好特别，好有趣。

他当下说：“来，我送你回去。”

车子在停车场，宦楣走过繁忙的银行区去取车，有少男少女捧着簿子走上来拦住他们，一手递上一支笔，对宦楣说：“请支持直选，请签名支持一九八八年直选。”

聂上游两只手放在口袋里，并没有意思签名，他双目看着宦楣。

该死，宦楣想，这小子很难应付，立定心思笑眯眯冷眼旁观，要看她下不了台，说他有恶意呢，并不见得，但他的确要她尴尬。

电光石火间，宦楣诧异地问自己：你几时关心过别人怎么想，为什么要在乎一个陌生人怎样看？

自从邓宗平以来，她还没有在乎过谁怎么样看她。

宦楣马上定下来，对那女孩子说：“我们考虑清楚了才能签这个名。”

那女孩笑笑，并不勉强，又去拦截其他行人。

宦楣松一口气。

聂上游双目中露出欣赏的神色，嘴里问："你可知道整件事的来龙去脉？"

宦楣据实答："知道一点，但没有专心钻研。"

聂上游笑笑："我认为流星群比政治有味道得多了。"

"我想这关乎阁下手上拿的是什么护照。"

聂上游忽然拉起她的手，拖她走进停车场，找到车子，送她回家。

一路上他没有讲话，宦楣在心中不住拿他比邓宗平，两个人其实并无相似之处，宦楣忽然发觉，聂上游将是她离开小邓之后第一个重要男性。

人是万物之灵，到底有点分寸，她就是知道。

宦楣十分惆怅，她不希望因这个人而忘记邓宗平。

人的性格多么奇怪矛盾，一直希望可以控制自己的心绪而不果，想忘记一个人，固然心不由己，想不忘记一个人，也心不由己。

荒谬。

车子停在门口，聂上游笑说："听说你们家家教甚严，未经家长同意，闲人不得入内，不送你进去了。”

很明显，他也把她的来龙去脉通通打探清楚了。

宦楣还在沉思，并没有对那句话做出适当的反应，过半晌她抬起头来：“我们会再见的吧？”

他点点头。

宦晖自泳池回来，看到这一幕，十分诧异，他太知道妹妹的性格，越是看重一个人，越是手足无措，言语木讷；相反的时候，则游戏人间，活泼调皮。

这小伙子是谁？

宦晖向他行注目礼，看着他把车子掉头离去。

宦晖用毛巾擦头，边问：“这又是什么人？”

“一个来历不明的人。”

宦晖笑：“你好像特别为这一类人所吸引，永远不肯在同类中选朋友。”

宦楣笑着过去用双手拉着兄弟毛巾衫的翻领：“选谁！二世祖都跑去追求影视明星了。”

“烧到我这里来了，太不公平，我可以一口气数出好几个对你有兴趣的人。”

“都是闷死人的人：周一至周五，日间在他们令尊公司里挂名工作，晚上出席各式宴会，没有应酬便去私会情人，周末合家在码头集合，坐船出去兜风，一百年都没有一件事发生，不要说是做他们的妻，做妾都嫌闷。”

“听听这是什么话。”

“也只有像叶凯蒂这样的无知少女才渴望嫁入宦家。”

宦晖啼笑皆非，递一杯冰茶给她：“你且凉快凉快。”

“我等身份最尴尬。”宦楣诉起苦来，“行头不知多窄，钞票谁人没有，真正有志气的男孩子才不屑同二三线地位的商家攀亲戚……”

她还没有说完，宦晖已经老实不客气地打断她：“那我祝你下辈子生在贫民窟，虽然一出世就满头疮，但经过苦苦挣扎，发愤图强，创办事业，终于成为举世闻名的伟人。”

宦楣瞪他一眼。

“小姐，知足一点好不好！”

她打量兄弟：“你看上去真的神采飞扬，一副小人得志模样。”

“我很快乐。”宦晖满意地伸伸腿，“我承认我的特权比你多。”

“父母偏袒。”

“不，眉豆，要怪还是怪社会，我的行为我担得起，世人最多说我误解风流。”

宦楣微笑，她兄弟已经说得十分含蓄，她要是学宦晖一半，立刻沦为下流。

宦晖眯着双眼，躺在藤椅子上享受阳光：“可惜你不能进钧隆来玩，我们那组有几个知情识趣的老臣子，老马识途，什么诀窍都懂，不晓得多好玩。”

玩玩玩玩玩，宦晖好像不懂其他的词。

宦楣一生气，站起来用力掀起整张藤榻，往泳池推下去，水花四溅，宦晖惨叫连连，已经摔进池里。

宦楣拍拍手走开。

宦太太站在露台上问：“什么事，什么事？”

宦楣上楼，刚遇到她母亲下来，她说：“妈妈，让我回纽约去算了。”

宦太太拥着女儿肩膀：“公寓已经租出去了，再说，许小姐问我呢，她怕你哄她，不肯做她的生力军。”

她拉女儿坐下来。

“你看毛豆一下子就适应了。”

简直如鱼得水。

她猛然发问：“妈妈，你是什么时候习惯的？”

宦太太一怔，答不上来。

“记得吗，若干年前，你的名字叫唐品芳，是大学里的高才生，你的同班同学现在已是政府机关里的一级政务官，你又是怎么变成今天这样？”

宦太太强笑道：“你没事吧，眉豆？”

“当中也经过一番挣扎吧，妈妈把你的经验告诉我，让我学习。”

宦太太呆呆地看着女儿，下不了台。

幸亏宝贝儿子前来搭救：“眉豆的毛病又发作了，疯疯癫癫不知说些什么，还不过去听电话，邓大人找你呢。”

宦晖一只手在打领带，赶着去赴约的样子。

宦楣一听是邓宗平，连忙站起来奔出去。

宦晖看着她背影，不悦地说：“都是小邓，把一些似是而非的知识灌输给她，什么人贵自立，金钱万恶，弄得眉豆高不成低不就，那小子现在成了名，费用收得比谁都狠，偏偏眉豆还在迷他那套，难怪当日爸爸反对他们在一起。”

做母亲的叹口气。

宦晖奇道：“怎么，这其中还有别情？”

正确的版本不是这样的。

宦太太说：“哪里敢反对。”

“那是什么？”

“你爹去说亲，被小邓一口拒绝。”

宦晖一怔，笑出来：“好家伙，有种。”

“是你爹操之过急，神情倨傲，条件苛刻，伤了人家自尊，人家无法接受。”

“可是目前情况两样了，他已不是吴下阿蒙，大可旧事重提，扬眉吐气。”

宦太太正要回答，一眼看到女儿已经站在门口，只得把话咽下肚子。

“毛豆，你又在嚼什么蛆，有一丝空闲就讲我闲话。”

宦晖赔笑：“小邓说些什么？”

“梁国新一案下周宣判。”

“详情如何？”

宦太太连忙摇手：“我不要听我不要听。”她匆匆走出去。

宦楣说：“母亲简直生活在桃花源中。”

“这是一种福气。”宦晖取过外套。

“你又去哪里？”

“你不方便去的地方。”

“咄，大不了是艳女艳舞艳曲艳词。”

“你说对了。”

“艳死你。”

“你看你妒忌的，啧啧啧啧。”

近日他连叶凯蒂都少见了，害得凯蒂一直在报上辟谣。

“糜烂、腐败、堕落。”

“谢谢你。”宦晖朝妹妹飞吻。

他开着那辆血红色跑车出去了。

宦楣拿着笔记本子到天台去观星。

簿子里已经写满密密麻麻的心得。

宦楣觉得好笑，一到家就变成淑女了，坐在家中专等人来约会。

万万不能主动，她很清楚记得坐在课室门口等宦晖放学的女孩子，一副紧张的样子，互相敌意地瞪视，宦晖一出现，便冲上去叫名字拉衣裳。

这样又有什么意思，成败输赢倒无所谓，姿势一定要合乎身份。

所以她第一次在纽约看见叶凯蒂，便同她说：“你不应该来，你应该叫毛豆走这一程。”

结果宦楣自己也犯了同一个毛病，她允许父亲到邓家去求亲。

宦兴波坐着司机驾驶的林肯驶进窄巷，巷子两边都是无牌小贩摊档，迎头而来的小型货车不肯让路，两车白板对死，不住叭叭叭叭响号，互不相让。

没上门宦兴波已一肚子气，这样的地方！这样的人家！真不明白一直当小公主养的女儿怎么会看上这样的男生，肯定是慈母多败儿的缘故。

正在光火，司机下车办交涉，货车硬是不愿退让，幸亏警察来了，指挥小贩把箩箱等杂物挪一挪，腾出空间，让车子侧侧身驶过。

开货车的是一个小伙子，形容难当，看见宦兴波，得得意意举起手做个粗鲁不文的手势，气得宦兴波跳脚："看见没有，苦苦纳税帮补这种人！"

老司机想笑但是不敢笑。

停好车子，宦兴波几经艰难，才找到住址。

小小的老式电梯有一股味道，像是有人在里边出过大量的汗，又似囤积过一大堆揩台布，气息令人难受。

眉豆不能说她爹不爱她。

宦兴波伸手按铃。

来开门的是他的未来亲家邓太太，小小唐楼光线幽暗，地方浅窄。

但是邓氏夫妇却有一股悠然自得之态，不卑不亢，自然，这样的环境一样培训出大律师来，英雄莫论出身，他们只有更加值得骄傲。

宦兴波坐在塑胶料子沙发上，看着邓宗平，心里边想：这小子倒是一表人才。

茶喝过了，也约莫寒暄过几句，宦兴波约好小邓上他办公室面谈，心里倒也有几分欢喜。

也罢，好叫世人晓得，他宦某不是个势利的人，他懂得欣赏人才。

注定姓邓这年轻人红运当头。

他坐着大房车走了。

宦楣后来才知道，纰漏出在后头。

邓宗平一踏进董事长办公室，就看见宦兴波红光满面地坐在巨型桃木写字台后面。

他一开口便说："我告诉你，小邓，他日眉豆若有一字不满于你，我把你的头拧下来当球踢，哈哈哈哈哈。"

邓宗平一点都不觉得好笑，他几乎以为走错时光隧道，回到大军阀时代去了，暗称不妙。

宦兴波接着说："什么时候进钧隆服务？起薪三十万，你给我好好地干。"

小邓还没来得及回答，宦兴波又皱皱眉头："亲家也住得太差劲了，钧隆名下有的是房产，我叫陈师爷陪你走一趟，你去挑一层。"

邓宗平见话不投机，已经脸上变色，站了起来。

宦兴波从来没有养成体谅他人情绪的好习惯，一直说下去："眉豆说婚纱要到意大利去订，下个月你陪她走一趟罗马，首饰她母亲有现成的，酒席方面……你们有多少名亲戚？我让公关部与你联络。"

邓宗平不怒反笑了，年少毕竟气盛，他几乎没问宦兴波：我几时入赘？

小邓转头就走，留下宦兴波一个人发呆，他正在做一个大姿势，举起双手，忽然间发觉观众已经离场，顿时僵住，他看不见他自己，否则会讪笑这种滑稽的动作。

等到宦楣知道谈判破裂的时候，双方已经没有转圜余地。

她哭得整张脸肿了起来。

宦楣坐在天台上深深叹口气，她浪费了所有的眼泪，浪费了这些年。

当时宦晖同她说："眉豆，你想走就跟他走好了。"

但是她没有。

小邓叫她脱离娘家："相信我，我不会叫你长久吃苦。"

宦楣没有那样的勇气，她不能想象自己出入那条陋巷，住在那窄小的单元里。

她向邓宗平恳求："请不要考验我。"

小邓没有答应她的请求，一如她没有答应他的。

两人都太过自爱。

这个时候，天边忽然一亮，接着一道弧形的光在天空扫过，来得突然，去得迅速，这是一颗流星。

下半夜看到的流星，往往比上半夜多，宦楣知道时间已经不早。

该睡觉了。

觉醒，或者真的该找一份工作做。

第二天宦楣发愤图强，约好许小姐面谈。

也真难为了老臣子，她提出好几个建议："举办慈善晚会，你做统筹，善款捐给公益金。"

宦楣摇头。

"那么钧隆支持你，你与理工大学联络，叫他们的学生来参加各种设计比赛，我们出奖学金。"

"我不要做临时工。"

"小姐，你不是打算朝八晚九来正式上班吧？"

“宦晖可以，我为什么不可以。”

许小姐说漏了嘴：“宦晖？”

只两个字，聪明的宦楣已经听出端倪，她莞尔，原来他才是挂名来玩的，难为他对这妹妹还振振有词理由多多，啐。

当下她说：“不正式上路，永远达不到目的地。”

许绮年笑了：“可是你出生已经站在我们的目的地上了，你还想往哪儿去？”

“不一样的，有时我也想得到事业上的满足。”

“相信我，那是很吃苦的一件事。”

“劝我放弃？”宦楣微笑。

“真的毫无必要。”

“我想试试做得筋疲力尽的滋味。”

许绮年拉长了脸：“别再说了，我对你这么好，你却来揶揄我。”

这也是声东击西，脱壳之计，宦楣只得顺她意思结束这一次茶会。

回到家，用人奉上一只纸盒：“一位姓三只耳朵的先生亲自送来。”

宦楣笑。

一手放下手袋，一手拆开盒子。

盒子里面是一块拳头大小的铁色的石头。

宦楣初见之下，也是一怔。

随即会过意来，马上取出石块，小心翼翼转动欣赏。

这不是一块普通石头。

它是块陨石，是我们能接触到的，数量非常有限的天体实物标本，它的前生是一颗星。

三只耳朵先生把这样珍贵的礼物送上，可见她在他心目中的地位已经不轻。

宦楣轻轻抚摸陨石表面的熔壳与气印。

“看……”她轻轻道，“在天上闪烁了四十六亿年，落到红尘，只剩这个模样。”

盒盖上附着聂上游的电话地址。

她回小书室用宦宅特备的信纸写了一封答谢信，叫司机送上去。

听见汽车引擎轰然咆哮，她探头出去，刚好看见宦晖驾着跑车回来。

他一直是这样，每天下午要回来换件干净衬衫再出去继续下半场。

车里有人等他，另外一个，不是叶凯蒂。

今天宦楣心情好，有意生事，便趁兄弟走开，溜到楼下，一手搭住车身，探头说：“你好吗？”

坐在车里的少女吓一跳，抬起头来，看宦楣。

宦楣与一双明亮单纯的大眼睛打一个照面，也呆住了，便把那淘气的心情收拾起来。

少女朝她笑笑，“你是谁？”她天真地问。

宦楣还来不及回答，少女把车门往上推开，下车来，嗅一嗅花香：“多美的风景。”

宦楣只得附和：“这园子还过得去，啊？”

少女笑眯眯地问：“谁带你来的，你也是毛豆的朋友？”

刚好在这个时候宦晖换好衣服赶下楼来：“咦，你们俩倒是聊上了。”

“毛豆，过来。”

宦晖跟她走到影树下。

她抱怨他："你这是干什么，开幼稚园？"

"她已十八岁。"

"胡说，不用交给医生检验也可以肯定她不会超过十四岁。"

少女在车旁好奇张望，宦楣见她一丝不耐烦与妒意都没有，更加对她添增好感。

宦晖没好气，叫道："自由，你过来一下。"

宦楣一听，先乐了："你叫自由？"

少女微笑着走过来："是呀！叫我吗？"

宦晖说："这是我家眉豆，自由，你把身份证拿出来给她看看。"

宦楣怕她不悦，少女不介意，打开小小皮夹子，把身份证取出递过去。

宦楣说："不好意思。"

"我都给查惯了。"少女笑，"都不相信我已成年。"

可不是一张成人身份证，已经十八岁零九个月，她姓艾，爱自由，宦楣欢喜地笑起来："你的姓名真美。"

"谢谢你。"她把身份证收好。

宦晖似笑非笑地看着妹妹："检察官，满意没有？"

宦楣说："艾小姐，我这个哥哥不是好人，你同他做朋友，要打起精神，他说的话，你信一成已经太多，他若出什么鬼主意，你最好说不。"

宦晖拉了女朋友上跑车，一边笑道："自由，别听这个老姑婆胡诌。"

一阵风似的去了。

宦楣坐在门外纳罕，他怎么向叶凯蒂交代？

兄妹两人资质相差太远，外头人却一竹篙打沉同胞俩，宦晖应付异性的功夫，宦楣一成都没学到。

这样下去，迟早要成为老姑婆。

说到曹操，凯蒂的电话接着来了。

"眉豆，你哥哥最近是不是很忙？"

"他天天都这么忙。"读书时旷了课往大西洋城的赌场跑，输得脸上泛油才肯回来。

宦楣老觉得他拼命地学父亲——的弱点。

"眉豆。"凯蒂的声音十分苦恼，"我们认识也这些年了，总有点感情吧，请对我说实话。"

“你连未婚夫到了哪里还得问人，旁人还有什么实话可说。”

凯蒂非常生气：“我知道你一直不喜欢我，我跟你说，宦晖近日同那班股票经纪人玩得那么疯，可不是好事。从前还有我管着他，你们也不想想，我也有三分功劳。”

宦楣忍着笑，唱声喏：“多谢指教，亏得你叶小姐，否则我们一家死无葬身之地。”

“你无须仗势欺人。”凯蒂摔下电话。

宦楣耸耸肩。

宦太太忽然叫出来：“眉豆，眉豆，过来看新闻。”

她赶着过去，刚好听到电视新闻报告员清晰地读道：“前梁氏建筑工程公司负责人梁国新涉嫌串谋行贿一案今日正式宣判，八项控罪中六项罪名成立，两项罪名不成立，截至中午为止，辩方律师仍在求情，此案将押后至本周五宣判，梁国新还押房待审。”

荧幕上出现梁国新父女紧紧挽着手臂缓缓步入法庭，小蓉并没有意避开镜头，她维持应有尊严，向前直视。

宦楣立刻关掉电机。

母女俩静默良久。

然后宦楣努力用愉快的声调问母亲：“最近大伙又在学什么，编织，插花，陶瓷？”

宦太太没有回答，过一会儿她转过头来问女儿：“眉豆，对于我们家男人的事，你知道多少？”

宦楣据实答：“一无所知。”

宦太太叹口气：“你有没有去过梁家？”

“他们不见客。”

宦楣忽然想起来，母亲前一阵子好似在学一种叫挽花的牌章，因搭子难找，停了下来。

“妈妈，我替你找几个人来搓牌，我有预感，许小姐一定有空。”

宦太太一听这个，也就很乐意地忘记前事。

她笑说：“人家许小姐不知道该怎么看我？”

“看你是一个享福的人呀。”

人到齐了，用过点心香茗，麻将呱啦松脆地搓起来，宦楣自觉大功告成，松一口气。

她换上泳衣，潜进水底，闭上双目，耳畔好像还听见几个太太在议论她。

“你们大小姐天天在家，真正难得。”

“想也没想到眉豆会这么乖。”

“可见外头的传言不实不确。”

宦太太急了，直问：“外头传她什么？”

“那些人撩是斗非，理他做甚。”

宦楣微笑，那些人所说的，同这群太太一样，全是片面之词。

宦楣坐在泳池里，屏气一分钟，都不愿意上来了。

司机唤她：“小姐，小姐。”

她泅到池边。

“小姐，聂先生的信。”

宦楣爬上草地，伸手接那雪白的信封，信封上墨迹遇水而溶，一个楣字渐渐化开变淡，化成浅蓝色的一朵花。

宦楣用毛巾抹干手才把信拆开。

他这样写：“眉豆，据天文台说，今天晚上，是夏季最清朗的一个好夜，巨大的弯钩形天座将运行到南天里，轻纱似的银河从那里流向东北方，牛郎织女星明亮地隔着银河相对辉映，十字形的喜鹊星飞翔在银河上为他俩架起桥梁。

“你若愿意与我一起欣赏这斗转星移的奇景，请于十九点抵达下址。上游敬邀。”

宦楣放下信，多么出色的一个人！

异性朋友虽然不少，宦楣从来没有这样被追求过，她与邓宗平的关系始于师生，他还没有机会讨好她，她已经爱上他，并无情调可言。

之后跑到外国，洋人多半粗浅蠢钝，亦不懂调情艺术，最大牺牲是在女同学门口等上十分钟，把啤酒香烟钱省下买一束鸢尾花，已算仁至义尽。

所以宦楣拿着那封信读了好几次。

最后她喃喃道：“邓宗平，吃掉你的心。”

聂宅在郊区，宦楣开了五十分钟的车才抵达。

她驾驶敞篷车，扑扑的温暖的风不住轻轻拍打着她的面孔，把她的马尾吹向后方，她心盼望今夜这个约会，她知道聂上游的安排不会叫她失望。

他坐在门前石阶欢迎她。

他引她到天台，一边有竹篱笆，玫瑰红荼蘼花开得欣欣向荣，另一边放着一张铺着白布的大桌子，香槟、餐具、烛台一应俱全。

聂上游请她坐下，斟出香槟，取来一只小小无线电，扭了开，细细碎碎的乐声传出来。

宦楣坐着享受晚风及好酒。

忽然间，她听得无线电内的唱片骑师说："这首歌，由三只耳先生点给眉豆小姐收听：《寻找一颗星》。"

宦楣一怔，几乎怀疑自己听错，但那首老歌已经在耳畔响起。

聂上游微笑地注视她。

宦楣觉得他此举太过诙谐滑稽可爱，忍不住笑出来。

笑到一半才想起他做了那么多麻烦事，花了许多心思，不过是想叫她开心。

宦楣感动了。

有一股暖流自脚底回升至心窝，再传到脸庞，宦楣相信她的耳朵已经烧红。

聂君并没有把观星的设备搬上天台来。

郊外的天空特别清晰，没有霓虹灯的阻扰，烟雾也比较少，天色渐渐暗下来，活脱脱似天文馆里的模拟苍穹，星星一颗一颗闪烁眨眼。

宦楣怔怔地坐在藤椅中，不禁回忆，曾经有过比这更愉快的时刻。

一般女孩子若想得到一点满足，还可以为自己添半件首饰或一件皮大衣，宦楣就没有这种乐趣，她绝望地寻求感情上的满足。

聂上游好像知道她的心意。

离开邓宗平之后，她过了一段颇长的荒唐日子，每一天比前一天忧郁，每一天都比前一天更看不起自己。

今天她寻回一点点自信，但是因为太知道发生了什么事，内心未免戚戚然感慨万千。

天全黑之后远处传来一两声疏落的犬吠声，聂上游点着蜡烛，自厨房捧出精美的食物。

宦楣一看，是一个香喷喷的海鲜锅，咦，他还会烹饪，真是不可多得的人才，现代女性千拣万拣，就是希望家中有一位忠诚的好厨子。

她投过去感激的一眼，马上放心放肆地吃起来。

这一分钟聂上游若果向她求婚，她会即时应允，管他从哪里来，往哪里去，知道得越多越不妙。

但是聂上游一句话都没有说。

他们随音乐起舞，因为今夜星光灿烂。

宦楣踢掉了鞋子，临走时才自桌底找出来，聂上游让她端坐着，亲手把鞋子替她穿上。

他站在门口送走她。

宦楣在回程上哼着那首旧歌：寻找一颗星……

家里灯火通明，牌局仍然未散。

宦楣走进屋里，用人即时迎出来："小姐，太太找你呢。"

干吗，搓牌还要有人在一旁插科打诨凑兴不成。

宦楣一推开牌室的门，意外得呆在那里。

陪着三位太太搓麻将的竟是邓宗平。

宦楣被这突兀的现象刺激得捧腹大笑。

邓宗平尴尬地站起来。

宦楣问："许小姐呢？"

宦太太说："你且别笑，她让你爹叫出去办要紧事了，幸亏宗平肯替她。”

宧楣看着邓宗平：“你怎么会来的？”

小邓还没回答，她母亲答：“我请他来的。”

宧楣反应够快：“那我不阻你们搓牌了。”

宧太太说：“我们吃夜宵，眉豆，你陪宗平谈谈。”

邓宗平便顺理成章地随她走到花园。

宧楣问：“你不是真的特地来打牌吧？”

“我是来看你的。”

“有事吗？”

他又不响了。

宧楣已经习惯他的持重，独自走到一个角落。

邓宗平问：“刚才玩得很高兴？”她的脸色绯红，神情愉快。

“是。”

他又沉默了一会儿，好似有点惆怅。

他终于说：“我来告诉你两件事。”

“请说。”

“宧晖最近赌得很大。”

“输抑或赢？”

“赢。”

“那多好，天下第一营生。”

“他玩的是股票。”

“家父必然会指点他一两度散手。”宦楣温和地说，“我不会担心。”

邓宗平只得点点头，隔一会儿他又说：“那天你给我介绍的新朋友聂君……”

“他怎么样？”

“你或许想知道他曾经协助警方调查过一件案子。”

宦楣笑了：“你真的这样关心我，宗平，你真的怕我吃亏？”

邓宗平呆了一会儿：“恕我多言。”他转身就走，他肯定是来错了，变成一个讲是非的小人。

“宗平。”宦楣叫住他。

宦楣往前踏一步：“我不是不知好歹的人。”

“我太多事了。”

宦楣微笑：“刚才那几位太太，没有叫你闷坏吧？”

“哪里的话，伯母一直对我极好。”邓宗平感慨，“是我少不更事，心高气傲。”

宦楣轻轻地说：“我不知道你会搓牌。”

“活学活用。”看得出他的精神已较松弛。

“对了，有日经过码头广场，有人叫我签名支持直选，那些都是你的同党吧？”

“你有没有签？”

宦楣摇摇头。

“眉豆，你一贯不关心时事。”

“宗平，你亦一贯责怪我长居象牙塔。”

邓宗平无奈地笑笑。

除非发生一件大事，把她自塔里逼出来，或是把他拉进去，否则他们两个只好永远僵持。

宦楣问：“宗平，当你真正爱上一个人，那个人，会是什么样子？”问到这里，声音颤抖。

邓宗平没有回答。

这个问题暗示他根本没爱过任何人，尤其没有爱过宦楣，他身为大律师，自然听出言下之意，拒绝作答。

“我要走了。”

“对，宗平，聂上游做过哪一件案子的证人？”

“不再重要了，我太多事，你已有足够能力照顾自己，亦应有交友自由。”

宦楣送他出去，私家路口刚巧有一辆计程车，宦楣朝他摆摆手。

回到房里，卸了妆，取出那块星的碎片欣赏良久，才连同聂上游的那封信，一起放进抽屉里。

躺到床上不多久，天就亮了。

风满楼

叁·

这座城市天赋异禀，
无论是什么样的伤口，
都可以迅速止血、愈合，
了无痕迹。

别人都有事情要做，就她没有，宦楣不必起床。

等到隔壁房间传来瓷器破裂的声音，她才勉强睁开眼睛。

宦晖睡隔壁，他回来了吗？几时的事？抑或刚刚上楼来？

又有重物击地声。

她听得有人吵架，一个自然是宦晖，另一个是女人，好不熟悉，不正是叶凯蒂。

疯了，宦楣“嚯”一声跳下床，把她带回来不只，还在家里打架，吵醒父亲，不剥了他的皮？

她走到隔壁房，敲门没人开，只听得房内闹得更凶，连忙赶回自己房，找出锁匙，把隔开两间房的中门打开，一推开门，正看见宦晖用力抓住叶凯蒂的头往墙上撞。

宦楣连忙赶过去拉开这两个狂人，叶凯蒂乘机反抗，双手乱抓，宦楣脸上顿时起了血印。

宦晖反手一巴掌，把凯蒂打得跌在地上。

除此之外，两个人倒没有失礼，宦晖西装煌然，只松了领带，凯蒂的纱裙虽然撕开一两处，并没有走光。

他们气咻咻地怒视对方，像两只野兽，要把对方吞吃。

宦楣忍无可忍，喝道：“你们到底在干什么？”

已经有用人闻声上来察看，一边敲门一边问：“有事吗，小姐？”

宦楣扬声道：“没有事。”

但是宦太太已披着睡袍过来：“眉豆，谁在毛豆房里？”

宦楣连忙用身子挡着母亲的视线：“妈，你回去休息，我同他理论呢。”她用力把母亲挤出门外。

“两兄妹干吗吵起来？”

“原则问题。”

“别把父亲闹醒。”

“得了。”宦楣终于推上门。

她转过头来，看到宦晖正在俯身捡拾地上的照片。

她这才发觉一地都是十乘十五厘米大小的彩色照片，帮着拾起几张，一看之下，宦楣呆住，她忽然明白大哥暴怒的原因，同时也禁不住脸红耳赤，说不出话来。

他们三人终于静下来，对峙而坐。

当然是宦楣第一个按捺下怒火，她以鄙夷的语气问："你有什么资格找人盯住宦晖拍摄这种下流的照片？"

凯蒂恨恨地说："因为我要全世界知道他是一个怎么样的人！"

宦楣站起来："他怎么样了！他已成年，未婚，他爱怎样都有自由，你有资格管他？你侵犯他隐私，你登门勒索，我们有权控告你，叫你身败名裂。"

凯蒂闻言，脸色苍白，瞪着他们兄妹俩。

倒是宦晖摆摆手："算了。"

宦楣对凯蒂说："把底片交出来，要多少钱，说，数字如果太离谱，下不了台的将会是你。"

凯蒂忽然呜咽起来："我不要钱。"

"那你要的是什么？"宦楣大奇，"经过这些，你不是还想嫁给宦晖吧？”

凯蒂目光空洞地看着她。

“凯蒂，你是江湖的一颗明星，有头有脸。凯蒂，但你没有脑袋，你头里面塞的是稻草，我真的对你生气，你可以把一件事情弄得这样丑恶。”

这时候宦晖再一次说：“算了，叫她走。”

宦楣转过头来：“他叫你走。”

凯蒂痛哭起来。

宦楣厌恶地说：“回家再哭吧。”

凯蒂忽然拉住宦晖：“我也只不过是一时情急……”

宦楣摇头：“凯蒂，永远不要解释，做过的事，要有勇气承担。”

宦晖居然笑了：“眉豆，你对牛弹什么琴。”

他疲倦地拉开门，走出房间，竟把叶凯蒂撇下不理。

凯蒂真正绝望了，她原天真地以为宦晖会魂不附体地苦苦哀求她，任她提出条件，随她摆布，但事实与理想相差太远，她的计划全部落空。

凯蒂颓然坐下。

宦楣冷冷地看着她。

凯蒂不见得找不到比宦晖更好的男人，她演出这一闹剧，不外是因为着了魔；她起了血性要同宦晖拼命，往好处想，凯蒂不失为一个有真性情的人。

“我送你出去。”

凯蒂忽然打开手袋，取出一包东西，交给宦楣：“底片。”

宦楣呆住。

凯蒂喃喃地说：“算了。”

宦楣连忙接过底片，紧紧握在手中。

凯蒂看看宦楣，语气忽然冷静下来，她说：“你是个千金小姐，一辈子活在大树荫下，你永远不会懂得，一个女孩子，自幼出来江湖找生活，所身受的种种苦难侮辱，而且还正如你说，不得抱怨，不得解释，打落牙齿，要和血吞下，一样要多谢父兄叔伯多多捧场。”

宦楣听了只觉得一阵心酸，眼眶发红。

凯蒂却镇静地说下去：“有势不可盛时，你们也不必欺人太甚，我虽然出身贫贱，但都一般是个肉身，一样由父母所生。”她停一停，“将来，你们也许也有难看的日子。”

说完了，她离开房间。

宦楣叫她："凯蒂。"

她没有回头。

一直走出宦家大门。

宦楣呆站了很久，一直在思考凯蒂那番话。

宦晖出来说："眉豆，刚才麻烦你。"

宦楣把底片扔给他，他打开一看，欢呼起来，掏出打火机，点燃，底片遇热蜷缩、燃烧，宦晖把它扔进水晶烟灰缸中，它一下子变成一团火球，轻轻发出窸窣声，刹那间化为灰烬，不复存在。

宦晖浑身轻松，没事人似的说："你用了什么法宝令她交出底片？为兄真的要好好奖励你。"

宦楣怔怔地看着大哥，没有言语。

"不同你说了，上班前我要好好泡一个热水浴。"

宦楣一个人走到花园栏杆边靠着看风景，脚下正是著名的美丽的维多利亚港口，但这一天，天空阴暗，海水灰黑，宦楣看到远处乌云卷成一团一团向她这边扑过来，一团一团，活似怪兽，一下子吞掉半边天空。

她正在注视这个奇景，天边电光霍霍，响起呼啦啦一个闷雷，天色大变，一阵大风，吹起落叶。

雨跟着而至，啪啪落下，开头疏疏落落，后来，密集，一下子淋湿宦楣的薄衣。

她并未即时闪避，犹自站在空旷处看天变。

母亲在远处叫："眉豆，眉豆。"

声音在大雨下显得断续微弱。

宦楣转过头来，看见母亲在一把太阳伞下伸手招她。

幼时她最爱在大雨中游泳，宦太太老是怕她触电，也是这样，躲在东摇西摆的大伞下叫她离开泳池。

该刹那，宦楣忽然变得很小很小，只有七八岁模样，她不顾一切地向母亲奔过去："妈妈，妈妈。"且无故哭了，泪流满面；幸亏有大雨保护，除她自己，没人知道。

奔到伞下，伸手紧紧抱住母亲。

"落汤鸡似的，还不松手，连我都一身湿。"

但是宦楣不肯放开，她要紧紧抱住母亲。

宦太太说："你一向与毛豆亲厚，我知他房内有人，你，连同我，还有你父亲，都把他宠坏。"

宦楣感冒，躺在床上三天，发觉一雨已经成秋。

宦晖天天下班先来看她。

他握着妹妹的手，轻轻说：“我叫人送了一笔款给凯蒂，她并没退回来，那件事……我也有错。”

宦楣犹自不能释怀。

宦晖嬉皮笑脸地说：“我一定改。”

宦楣说：“小时候你推我跌倒在地，额上起了高楼，还不也一直说会改。”

宦晖歉意地问：“额上还痛吗？”

“你去做你的事吧。”宦楣没好气地说。

宦晖还在卖乖：“有人找你，我说你身子不适，需要休养。”

“谢谢你。”

宦晖这才走了。

待他退休的时候，可以写几本书，名曰：玩的艺术、甩掉女伴六十二法、如何做最少工作赚最多享受……

聂上游送大蓬大蓬的鲜花上来。

但是邓宗平，邓宗平忙得连她生病都不知道。

宦楣开始知道追求术中这个闲字是多么重要。

宦楣一生是个闲人，小时候她也曾欣赏邓宗平的忙……坐在看台一角看他打篮球、演讲、主持会议。他总是用尽全力，额角上积聚着亮晶晶的汗粒，现在想起来，他那种姿态，比聂上游更像一个劳动人民。

流汗渐渐成为小邓的习惯；没有汗，没有成就。

他当然希望将来的伴侣也陪着他快活地边做边挥汗，并且高兴地喊出：多么痛快，太有意思了！

也许丑化了他。

他对宦楣也是不容情的。

有一次，兄妹到办公室去看他，宦晖那游戏人间的天分随时随地可以发挥得淋漓尽致，看到小邓的假发黑袍，不问自取，戴上了就学老妇弓起背满房走，久不久还咳嗽一两声，惹得秘书们笑得绝倒。

小邓回来看到，不由分说，铁青着脸，一把抢回道具，那天一整天，尽管宦晖向他道歉，他还是不瞅不睬。

几经艰难辛苦才得到那件袍，对他来说，那个身份，尊若天神，怎么能容许别人稍加亵渎。

稍后宦晖问妹妹：“你不是真要与这样一个人结婚吧？”

宦楣没有回答。

她不是看不到他的性格的正反面。

宦太太上来看她：“你父兄过两天到纽约去，有没有事叫他们办？”

“没有。”

“热度退没有？”

“那不重要。”

宦太太含笑：“有什么是更重要的？”

“如果我要结婚，你反不反对？”

宦太太紧张起来：“同谁？”

“男人。”

“啐！”宦太太拍打她的手臂，“当然是男人，谁？”

“中国人。”

宦太太吁出一口气：“这倒还好，只要是正当人家，受过教育、职业高尚、有志气的男孩子，对你尊重疼惜，我就喜欢。”

宦楣笑得打跌：“‘只要’，您老人家的条款已是全世界最苛刻的择婿要求。”

宦太太怔怔地说：“我并不觉得。”

“刚才你说的几条要旨，宦晖一点也做不到。”

“胡说，我们难道不是正当人家。”

“对对对，我们家是名门。”

“你父亲创业不容易啊。”

那是一定的，宦楣点点头。

“说，你想嫁给谁，是送花来的这个人吗？他长得多高多大，在什么地方做事，家里有些什么人？”

宦楣连忙安慰她：“我不过说说而已。”

“不是小邓吧？”宦太太语气充满盼望。

“他！”宦楣笑出来，“他在竞选第一届华人总督之前怎么可能考虑成家立室。”

“你说的那个人，我见过没有呢？”

“母亲，我若结婚，一定堂堂正正，把人带到你眼前来，你这可放心了吧。”

“眉豆，这是我唯一的心愿。”

宦楣郑重地应允了母亲。

再同聂君约会的时候，她与他已经有了默契。

他问她：“明天有没有空？”

她想都没想：“有。”

有没有空百分百是人为的，天下没有匀不出的时间，只有不想出席的约会。

聂上游即刻想，这样磊落聪明的一个女孩子，可惜生在这样的家庭，环境若是困苦一点，必定逼她发愤图强，肯定会出人头地，扬名立万。

聂上游再问：“我不用同别人竞争？”

宦楣只是笑：“我的朋友很少。”

聂君的心软下来，传说中宦家大小姐是一个最容易交往的女孩子，流通社交界的故事实在不少，但是他一见她就知道，她心中另外有一个世界。

她原本可以答：“我怕你不是对手，所以给你机会，自动淘汰了你的对手。”或是“我不知道你打算决一死战。”甚至轻佻调皮如“我干脆把另外一位先生也带来介绍给你如何？”

但是她没有。

她选了一个最朴素的答案，这样的智慧，不知是否来自一颗星。

他请她到一家私人会所。

一进门，宦楣就看见叶凯蒂。

凯蒂穿着件极低胸的裙子，同一位白发男士坐在一起，她对着门口，他背着人，所以宦楣看不到凯蒂男伴的面孔，只从他们亲昵的神情中知道她又找到了人。

真快。

宦楣别过头去。

聂上游立即笑问："要不要换个地方？"

宦楣想一想："也好。"

但是叶凯蒂也看到了她，已经扬起手来，笑吟吟向她招呼，并叫男伴看他们。

那位男士转过头来，宦楣不得不颔首。同时心中打个突，那是她父亲好友之一冉镇宾，冉太太最近刚过身。

宦楣低声说："我们走吧。"

聂上游陪她离去。

在车上他问："那位小姐，是你男友的女友？"

宦楣自沉思中走出来微笑："是吗，那是你的女友？"

这等于承认他是男朋友了，他心头一热，但是不露声色，"那么……"他又说，"是令尊大人的女友？"

"家父的女友们从不在本市亮相，况且，也不会是那样格调的人。"

"奇怪，那会是谁呢？"

"假如你留意影剧版的话，你不难知道，那是我兄弟的前任女友。"

聂上游仍然微笑："我很少留意那一版。"

宦楣喃喃地说："每次见她，她都有一副不同的面孔。"

聂上游看着宦楣："你呢？"

宦楣悲哀地摸摸脸颊："我学艺不精，只得一脸二用。"

聂君听了大奇："怎么个用法？"

宦楣说："在家在外，略做变化。"

聂上游只会笑。

宦楣问："你呢，你此刻是否戴着面具？"

他温柔地反问："你说呢？"

宦楣伸出手，轻轻抚摸他的五官："好像是真面孔。"

他握住她的手："才不是，我是仙女座来的客人，暂时不适宜暴露真面目。"

宦楣轻轻地问："你们的世界，是否又新又美好？"

"不见得，各有各的难处。"

稍后，他们到海滩边的小馆子去吃饭。

聂君可以感觉得到，某一个人在宦楣的心里仍然占一个位置，他很想知道这个人是谁。

他也知道他俩已经不来往很长一段日子了。

奇是奇在她并没有完全淡忘那个人。

没想到她如此长情，这正是她另一副面孔。

聂上游本来最怕宦楣会挑这样的良辰美景来问一个最煞风景的问题："请把你的生平告诉我。"

现在他放心了，人们高估了宦楣的身份地位，低估了她的智慧。

宦楣问的是："把那块陨石的故事告诉我。"

聂君说："一九七六年三月八日，吉林省吉林地区降落一场大规模的陨石雨，搜集到的陨石有一百多块，总重量在二千六百公斤以上，这是其中一块。"

宦楣沉吟地算一算，那时，他应该还没有进大学。

他要从头说起的话，他自会滔滔不绝把平生得意失意事全盘托出，他既不说，她就能不问。

宦楣这一点得到她母亲的遗传。

“那你带着它已经很久了？”

“是的，走遍大江南北，东征西讨，都没有失去。”

现在他把它送给她。

聂君仍然在十二点钟之前把她送回去。

在门口他想起来问：“梁国新判两年零九个月的事，你已知道？”

“我读了报纸，一直非常难过，像梁伯伯那样的人，怎么能到那种地方去过活，他家里连浴室的地板都是通电保暖的，洗完澡踏上去不会着凉，毛巾架子也会发热，他最讨厌用冷毛巾，细节尚且这样，更勿论生活上其他的享受了，这下子真是不堪设想。”

聂上游不予置评，过一会儿他说：“听说以前他同令尊大人十分亲厚。”

“是，他，还有冉镇宾，三人随长辈自上海南下学做生意，过关斩将，一帆风顺，还真的没有遭遇过什么挫折。”

“冉镇宾就是刚才我们碰见的那位白发潇洒的中年人吧？”

“家父生辰请客夜你肯定见过他。”

聂君点点头。

宦楣笑：“坐在汽车沙发上也能聊个把钟头，我也实在太爱说话了。”

聂君说：“或者，你只是喜欢与我聊天。”

宦楣点头：“是的。”

聂君忽然问：“谈得来是不是结婚的理由之一？”

“像你这样四海为家的人，会考虑到结婚吗？”

聂君也问：“你呢？”

“我不能振翅高飞，”宦楣酸涩地说，“失去家人的支持，就没有我这个人。”

“这是什么话？”

“没想到我也有我的苦处吧，以你忧患的经历，看我们的烦恼，真不知道是好气还是好笑。”

宦楣忽然握住聂君大而温暖的手，把脸埋在他的手心中。

极年幼的时候，遇到不愉快的事，她时常摊开父亲的手，把面孔放进去。那时，父亲的手比她的小面孔大得多，给她许多安全感，真是个避难的好地方，后来，父亲越来越忙，很少在家，她又在大哥的手心中找到安慰。

再接着是邓宗平。

离开小邓之后，多年，她没有重复同一动作，满以为自己已经长大，永远不再会这么做。谁知，当中隔了一段日子，遇见聂君，她又忍不住，暴露了弱点。

她推开车门，奔进屋内。

不过第二天，她又精神奕奕地穿戴整齐了跟母亲出去应酬。

宦楣永远不会忘记那个日子。

那是十月十九日周一。

她们约了几位社交名媛午膳，十二点过十分抵达茶座，不见熟人，满以为小姐太太们习惯迟到，母女俩于是叫了饮品先喝起来。

到十二点半还没有人来，宦楣开始纳罕，莫非记错地点，抑或搞错时间。

刚在犹疑，只见老司机匆匆进来找人。

宦楣招他过来。

“小姐，周太太说有事，约会改期，她们不来了。”

宦楣扬起一条眉毛，什么大事，吃茶逛街也就是她们的大事了：“通通不来？”

老司机压低声音：“小姐，股票跌停板了。”

宦楣一怔：“关你什么事？”

老司机哭丧着脸：“少爷给的内幕消息，我全副身家都押上去了。”

宦楣脸上变色：“快别说了，把车子开过来，我们回家。”

宦太太慌张地问：“跌了多少，到底跌了多少？”

宦楣一手按在母亲手上：“我们上车去听无线电。”

“可是你爹跟毛豆在纽约哪。”

“他们一定听到消息了。”

宦楣紧紧握着母亲的手，镇静地付了账，登上车子。

她即刻扭开了无线电。

心不在焉地听了两首流行曲之后，新闻报告员清晰的声音传出来：“美股上周五大跌引发全球股市下跌，本市股市出现自一九七三年来最大一次跌幅，指数迄今已跌掉四百二十七点，总市值销蚀八百二十亿港元。”

宦楣关掉收音机。

宦晖这次肯定烧了手指。

不过不怕，像往日一样，父亲会拿着烫伤药去医他，每次受伤，总能使他乖一阵子。

宦太太不停问女儿：“影响大不大？”

宦楣故作轻松：“爸爸回来，看他的脸色，便知道严不严重。”

宦太太想一想：“他一向控制得住场面。”

可不是。

车内的电话响了，是邓宗平。

他一开口便问：“听说宦先生不在本市？”很明显仍然关怀。

“别急，如果需要赶回来，他已在飞机上。”宦楣停一停，然后轻松说，“多谢你问候。”

邓宗平欲语还休。

宦太太在一旁说：“叫宗平来吃饭。”

小邓听见了，对宦楣说：“今晚我有约。”

宦楣问：“你自己没有损失吧？”

“我从来不碰这些。”

他的确是那样的一个人。

“我们再见。”

车子到家之前，宦楣又找过许绮年，她正在开会，宦楣留言有急事请她即时回话。

能够做的，不过只有这么多。

宦太太一进屋子便说：“眉豆，我累极了，要去躺一会儿。”

宦楣觉得母亲脚步忽然有点蹒跚，连忙过去扶着她。

屋子静得出奇，电话铃响起来，吓得宦楣一跳。

许绮年回话：“宦先生同宦晖坐今晚十二点钟飞机回来。”

宦楣松一口气：“这件事对钧隆的影响不大吧？”

“据基金经理说，并不至于动摇大局。”

宦楣说：“家母紧张得不得了。”

许小姐在那边诉苦：“我就惨了，三年内不用想周游列国或是买时装换季。”

“算了吧你，谁问你借或赊呢，来不及地哭穷。”

许小姐没有回答，宦楣只听见她对身边一个人说：“抛、抛，即时替我出货，不问价一定要沽出！”声音不复冷静。

宦楣呆在那里，许绮年从未试过在她面前如此失态。

“喂喂，对不起。”她又回来了，“你刚才说什么？”

宦楣觉得不适宜同她再说下去：“许小姐，你去忙吧，我这边没有事了。”

她也不再客气，“啪”一声挂断电话。

宦楣发呆，这么些年来，许绮年从来未试过惊慌失措，她永远气定神闲，站在宦兴波左右，大事化小，小事化无，什么样的阵仗没有见过；今天心不在焉，话不对题，可见事情实在非同小可。

宦楣刚在踌躇，女佣进来通报：“小姐，门外一位聂先生求见。”

宦楣也顾不得什么仪态姿势，立即走出去迎客。

一见聂上游，她便问：“你可知道这是怎么一回事？”

聂君点点头：“令尊同令兄几时回来？”

宦楣急问："为何每个人都想知道这个问题？"

聂上游不可置信地看着她，至今他才真正相信一个如此时髦的女性可以对财经无知到这种地步。

既然如此，聂上游索性安慰她："由老板亲自监察业务，事半功倍。"

宦楣困惑地说："或者我花太多的时间在木星的卫星系统上了。"

"我陪你散散步。"

宦楣微笑："谢谢你关心我。"

"我们是朋友。"

"这次宦晖恐怕要听教训了。"宦楣告诉他，"有不少人告诉我他玩得颇大。"

"他买的是哪几种？"聂君好似颇有兴趣。

宦楣想了一想："我并不记得清楚，他买一种指数，是叫期货指数吧。"

聂上游一听，脸上不由自主地变色，连忙转过身子去，不让宦楣看到。

"你能为我补习一下那是什么吗？"

聂上游尽量以很平静的声音说："那是一种充满赌博性的买卖。"

"父亲也不止一次替他结账了。"宦楣苦笑，"男人都喜欢赌博，你呢？"

聂上游把手插在裤袋里，走到草地上去，风吹进他的西装外套，鼓膨膨的，更显得他无比洒脱。

"我？"他过一会儿才答，"我赌的是另外一些。"

"有没有赢？"

"赢过数局，也输过数局。"

"为什么不收手？"

他转过头来笑了："要生活，怎么收手？"宦楣坐在石凳上，向远处眺望，这点她明白，把生活降级，实是最难办到的事，她为此失去了邓宗平。

他坐到她身边："我们说不定在纽约见过面，我曾为一家叫布明黛的百货公司送过一年的货，虽然只准在后门出入，也见过许多漂亮的黄皮肤女孩子在该店购物。"

"你把我想得太奢华了。"

"两年后我的英语会话才比较流利。"

宦楣笑："找个金发女郎练习一下保证进步迅速，你听宦晖那口英语，怎么样挑剔都没有唐人口音。"

"我转过多份工作，包括地下赌馆的打荷以及清洁工人，最后因机缘巧合，碰到了欣赏我的老板，派我到本市来做翼轸的主持人。"

"你所说的老板，家父也认识吧？"

"他们一直有来往，相信这次在纽约也有见面。"

"他给你权柄很大呀。"

"你怎么知道？"聂君讶异。

"分公司分明由你命名。"

聂君笑："瞒不过你。"

"你的生活堪称多姿多彩。"

宦楣本来想加一句英雄莫论出身，后来实在觉得有点庸俗，省下了。

"的确看到过许多光怪陆离的现象。"

宦楣忽而有一丝感触，觉得她四周围的人与事，也开始有点奇怪。

她说："你比我们幸运，你身上集中三种文化，难怪这么聪明。”

聂君一生何曾听过什么赞美，耳朵发起烧来，一时不知应对。

过一会儿，他见风大，脱下外套，罩在宦楣肩上。

女佣过来说：“小姐，太太说，怎么叫客人坐在园子里吹风，还不快进去喝一杯茶。”

宦楣有一丝意外之喜。

聂上游笑说：“有点心充饥的话更好。”

宦楣也笑：“一会儿家母瞪着你看，可别见怪。”

但是宦太太并没有下来招呼客人。

聂君走了以后，宦楣上去看母亲。

她母亲问：“是那个人吗？”

“不过是略谈得来的朋友。”

宦太太点点头：“你自己要拿捏得准。”

“你呢？”宦楣笑问，“你不管我了吗？”

宦太太似有感触，紧握着女儿双手。

宦氏父子半夜回来的时候，宦楣正在天台观看升至正南方的天蝎座。

她听见数下开门闭门声，汽车门开了又关，接着是大门打开关拢，她赶下楼去，只看见父兄已经走进书房，接着房门重重合上。

迎面下来的是她母亲。

“怎么一回事？”

“他们大概有要紧的事商量，妈妈，你去休息吧。”

宦太太踌躇一会儿，终于上楼去。

宦楣却去找老司机。

老司机哭丧着脸说：“老爷从来没有骂过我，这还是头一遭。”

“他脸色如何？”

“铁青面孔，没有出声。”

宦楣发呆，这么严重。

“他为何骂你？”

“我只不过提到股票两字。”

宦楣叮嘱：“太太若问你，你一概说不知道。”

宦氏父子一直关在书房里没出来过。

宦楣守住门口，开头只听到父亲低声责备，句语却不甚清楚，宦晖一直没有答辩，近天亮时分，书房静寂下来。

只有宦楣一个人敢敲门。

“爸爸，爸爸，要不要吃点东西？”

没有人应她。

“毛豆，毛豆。”她不放弃，越来越用力敲。

门终于打开了。

宦晖探头出来，吓得宦楣往后退一步。

宦晖满脸是油，秋凉时分，却汗流浃背，湿透衬衫。

宦楣轻轻问：“这么坏啊！”

“眉豆，替我们准备车子，爸同我要立刻回公司。”

“才五点半。”

“去，别问。”

“爸爸。”宦楣唤，“爸爸？”

她听见宦兴波极之疲倦的声音：“是眉豆？”

她走进书房，闻到一阵烟酒气，灯已熄，但窗帘还厚沉沉地垂着，房内光线幽暗。

“过来这边，眉豆。”

“爸爸。”

宦楣挤到父亲身边，与他共坐一张安乐椅。父亲虽然十分疲倦，却无异样，宦楣放下心来。

谁知宦晖此时跌撞着进来：“父亲，冉伯伯得到消息，停市三天！”他脸如死灰。

宦楣先站起来。

她听见父亲问：“车子呢？”

衣服也来不及换，便偕宦晖冲出门去。

宦楣一直追到门外看他们上车。

从上飞机到现在，父子两人恐怕已有两日两夜未曾休息过。

宦太太出来拉住女儿问：“是怎么一回事？”

“我不知道，他们没有说。”

“眉豆，去问问许小姐。”

“妈妈，许绮年所知道的，也不过是父亲告诉她的。”她停一停，“妈，这话不是你说的吗？男人的事，不要去理他们。”

这句话是宦太太唐品芳的撒手锏，不知帮她下了多少次台，有亲友来说是非的时候，她轻描淡写的一句“男人的事，不要去理他们”，就让来人吃瘪，杜绝流言。

就算前两天在牌桌上，她也刚用过这句话，有人艳羡地猜测：“品芳，兴波的财产早已上亿了吧。”她也推说：“男人的事，才不要去理他们。”

她并不是说着敷衍人的，宦兴波不叫她理，她也根本没兴趣理。

这一次她放心不下，叫许绮年的手下每隔一小时拨电话过来汇报。那女孩子从上午八点到下午七点的答案是一样的：“两位宦先生都在开会。”

她们母女面面相觑。

宦楣强笑道：“他们总得睡与吃。”

九点钟，女孩子说：“宦小姐，我要下班了。”

宦楣忽然羡慕她，心不由主，竟然脱口问：“约朋友？”

她甜甜地笑：“是的，说好去看场电影。宦小姐再见。”

宦楣感喟，他们才是最最快乐的人，日出而作，日落而息，名、利、权、势，一点起不了作用，对他们没有影响，因为他们知足。

宦楣轻轻放下电话。

父兄仍然没有音讯，宦楣不管了。她躲到避难所看星，十多分钟后，已经心平气和。

“没有新发现？”身后有人问。

她转过头来，看见邓宗平上来了。

“我想，只有我一个人有资格上天台。”

宦楣微笑：“未必。”

邓宗平知道她脾气，不去挑战她这个答复。

宦楣见他双手抱在胸前，似有心事。

“你找我有什么事？”她诧异地问。

“来聊几句。”

“是件棘手的案子？”

“你对刚公布的民意汇集处报告有什么意见？”

宦楣愕然，过了一刻，她哑然失笑。原来小邓心中烦的是这个，呵，他们俩的路越走越远，迟早如参商[1]永不碰头，不不不，她才不关心这些。

---

[1] 参商：指的是二十八宿中的参与商，二者在星空中此出彼没，彼出此没。古人以此比喻彼此对立，不和睦，亲友隔绝，不能相见，有差别，有距离。

“试想想，二十三万个附着身份证号码的签名，只算是个人意见，我对报告书投不信任票，我们有权要求一个合理的解释。”

宦楣看着他：“宗平，你真的为这件事入了魔。”

“不管如何，民主派还是打了一场漂亮的仗。”

宦楣叹口气，不出声。

他听见了：“对不起，我知道你不管这些。”

“没问题，你需要一双耳朵的话，我这一双随时奉陪。”

邓宗平笑。

各人有各人失眠的因由，有些为政治，有些为期货指数，而女人，为他们的失眠而失眠。

“宦先生已经回来了？”

刚在这个时候，宦楣听见车子驶上来的声音。

“这是他们了。”

邓宗平说：“我也该走了。”

“宗平。”宦楣忍不住问，“你为何来得这么勤？”

邓宗平看着她良久，怔怔地答：“我不知道。”

又过一会儿，他又说：“我们毕竟还是朋友。”

最后他终于承认："我身不由己地就来了。"

第一次，宦楣第一次发觉他的语气不像个小老师。

她说："但是宗平，你知道我永远做不到你要求的水准。"

他没有再说什么。

宦楣送他下楼。

他问她："你爱上了别人？"

声音低得不得了，蚊子声一般钻进宦楣的耳朵，她像是听见了，又像是没听见，但隔了一会儿，她还是回答："还没有。"

回到屋中，第一件事就是去敲宦晖的房门。他没有锁门，亦没有应门。

宦楣进房去，发觉他脸朝下伏在床上，身上没有衣服，正在沉睡。

她伸手去推他："毛豆，毛豆。"

宦晖怎么醒得过来。

宦楣急了，在他身边喊："醒醒，醒醒。"

他根本已经陷入昏睡，天掉下来都不管了。

"眉豆，别吵他。"

“妈妈。”

“让他睡。”

“我非要问个究竟出来不可。”

“你爹都告诉我了。”

“爹怎么说？”

“他说他会摆平。”

“这当然，可是……”

“能叫毛豆修身养性，花些代价也是值得的。”

宦楣啼笑皆非：“赶明儿我也做浪子去，叫你拿金来换。”

宦太太看女儿一眼，颇含深意，只是不出声。

宦楣这才自嘲地说：“早知不该主动回头。”

“去睡吧。”

宦楣还是不放松，趁母亲走开，拍打宦晖的裸背，他一点动静都没有。

待宦晖能清醒地坐在早餐桌前的时候，股市已经下跌一千一百点。

他母亲猜得不错，这次教训叫他沉默下来，但是他妹子看出他眼神涣散，精神不振。

宦楣趁空当问他："你到底买了多少，赔了多少？"

他只是答："别问。"

"你可以告诉我，我不会同任何人说，毛豆，打小时候起我就替你保守一切秘密。"

"一切已成过去，我已得到教训，眉豆，不要再问。"

宦楣总觉他的气色欠佳。

宦晖紧紧拥抱妹妹："别为我担心，知道吗？"

"那么我要你现在跟着我说：宦晖以后做个乖孩子。"

宦晖问："你记得艾自由？我会带她到家里吃饭。"

"她才真是个乖孩子。"

"眉豆，听说你也有新朋友，唤他一起参加如何？"

"还未到时候。"

"眉豆，不知怎的，我忽然想结婚。"

"你，宦晖？"他妹妹大吃一惊，用手指指着他，"你想害谁？"

宦晖闻言低头不语。

宦楣即时后悔，不该在他不如意的时候打击他。

于是连忙说："好，你先去注册，我跟着来。"

宦晖忽然问："你想会不会有人愿意同我们结婚？"

宦楣一怔，立刻强笑道："怎么没有，前赴后继。"

但是宦晖没有笑。

宦楣亦感觉到一丝强颜欢笑的气氛。

事情好像真的全过去了。

这座城市天赋异禀，无论是什么样的伤口，都可以迅速止血、愈合，了无痕迹。

只有老司机一个人还在诉苦："要命不要命，四块九角半会跌到五角三仙[1]，不知何日可返家乡？"

宦楣也并不十分同情他，愿赌总得服输。

宦晖没有痛改前非之前她已经脱胎换骨，现在两兄妹常常在家陪母亲吃晚膳。

宦太太开头觉得高兴，稍后就有点担心："出去呀，你们出去玩呀。"她受宠若惊，担当不起，就希望恢复旧状。

宦晖变了一个人似的。

宦楣总不相信他会学乖，在父亲身上打探消息。

[1] 仙：香港过去流通的货币，相当于 0.05 港元。

“爸，毛豆想成家立室。”

宦兴波不置可否。

宦楣小心留意父亲的神色，不见有变，略为安心，她不信这么大的事故会没有后遗症，只要父亲稍露端倪，她便盘问到底。

她要父亲说宦晖，父亲偏要说她：“你又是几时决定做乖女儿的？”

宦楣想一想，已经有了答案：当我发觉自暴自弃一点帮助也没有的时候。但嘴里却说：“我自出生就是个好女儿。”

宦兴波莞尔：“是吗，你是吗？”

“当中身不由己的误会太多而已。”

宦兴波回味这句话，顿时百感交集，当下不露声色，只说：“你叫宦晖把那女孩带回来我们瞧瞧。”

咦，父子双方都有诚意。

风满楼

肆 ·

『爱是一件至为奢华的事情。』

艾自由过来那一日，穿着时下少女流行的名贵便装，水手领藏青夹白条子毛衣配宽身裙子，双手插在口袋里，一头青丝用根缎带松松扎在脑后，宦晖跟在她身后，替她拿着书包，他自补习老师处把她接来。

宦楣这次看到自由，才知道为什么对她有特殊好感，她像足几年前的宦楣。

当日拿书包的那个人是邓宗平。

宦楣招呼自由："你请坐，家母马上下来。"

自由朝宦晖笑一笑，一点不觉拘谨，在沙发中伸一个懒腰。

宦楣万分感慨，不多久之前，她也是这样天真可爱的小女孩，倘若可以把当日那个自己找回来，走遍万水千山也是值得。

此刻她只希望自由的感情道路比宦楣顺利。

宦晖有点紧张：“我去催催母亲。”

宦楣趁他走开，问自由：“你觉得宦晖怎么样？”

自由坦白爽直：“对我很好，我很喜欢他。”

宦楣微笑：“是怎么样的喜欢？”

自由并无腼腆之色：“很深的喜欢。”

宦楣不知怎的忽然问：“倘若他不是今日的宦晖了，你仍然喜欢他？”

自由诧异地问：“人可以分昨日今日明日吗？”

“可以，人会变的。”

“不，”自由笑说，“你的意思是环境会变。”

“对。”这小女孩真有意思。

“环境不会比现在更坏，宦晖说，许多人都利用他的身份，对他有企图。”

他那样说过？宦楣大大讶异，她一直以为他喜欢那些人，爱搞那种关系。

看样子兄妹之间了解不够。

“他说他有点厌倦，有机会的话，他想找一个风景幽美的小镇隐居。”

宦楣觉得好笑，他，毛豆？她不相信，这不过是一时的意兴阑珊。

宦太太下来了，把自由迎到楼上小会客室。

宦楣没有跟上去。

老司机匆匆进来：“小姐，麻烦你，宦先生要那只黑色公事包。”

宦楣进书房取给他，一边问：“他要公事包干什么，不是说好回来吃饭吗？”

“看我，险些给忘记。”老司机拍一下额角，“宦先生与冉先生谈公事，不吃饭了。”

宦楣一怔，这个日子事前征求过父亲的同意，他不回家赴约，可见是有急事，宦楣知道她父亲的脾气，他一向喜欢主动。今日取消一个约会去迁就另一个，可见是被动，不但有急事，且有点身不由己。

同冉镇宾谈公事。

宦楣忽然想起坐在冉某身边的叶凯蒂，她伸手拍拍胸口，联想力别太丰富了。

“眉豆，眉豆。”

她听见叫，走进饭厅去坐下，一边说：“爸爸有事，不回来了。”

谁知宦晖一听，手一震，半碗汤倾泼出来。

自由连忙取过餐巾替他擦手。

宦楣看在眼里，发觉自由也对宦晖很好。

宦太太对自由说：“你别见怪，宦家男人一向视工作为第二生命。”

自由笑笑不语。

宦楣肯定宦晖跟她一样食而不知其味。

只听得宦太太不胜其烦地问了足足千余条问题，把艾家家宅查得一清二楚。

宦楣只听到自由答：“父母已经过身，我跟兄嫂生活已经有十年以上，十分渴望有自己的家庭。”

宦楣知道母亲会喜欢这个单纯但绝不愚钝的女孩子。

她让她俩继续谈下去，向宦晖使一个眼色，便离开饭桌。

宦晖与她走到走廊，她悄悄问："爸爸同冉镇宾有什么新计划？"

宦晖强笑："我只知道，冉镇宾要娶叶凯蒂。"

"什么？"

"不可置信是不是，凯蒂终于得到她要的一切。"

两兄妹面面相觑，苦笑。

宦晖叹口气："现在我才知道，我逼人太甚了。"

宦楣始终护着大哥："冉镇宾跟你全然不同，他可以做主，你不能。"

"凯蒂不会原谅我。"

"我们需要她原谅吗？"

"如果还想同冉镇宾谈生意的话，我们需要。"

宦楣说："别低估冉镇宾，商场无父子，亦无恩仇，唯利是图。"

"眉豆，我一直觉得你的脑袋远胜于我。"

"这算是称赞吗，比你好就算好吗？"

说到这里，大门打开，他们的父亲回来了。

“宦晖，跟我来。”

宦楣连忙说：“爸爸，艾小姐在这里。”

宦兴波像是没有听见女儿说什么，径直朝书房走进去，宦晖只得撇下女朋友跟在父亲身后。

自由过来问：“宦晖呢？”

宦太太笑：“他们父子有话说。”

宦楣拍拍自由肩膀：“我开车送你回家。”

自由就是这点好，非常容易商量，她点点头，提起书包，并没有不愉快的样子。

在车上，宦楣问：“自由，你如何认识宦晖？”

“我哥哥是钧隆的职员。”

“啊。”宦楣笑，就这么简单。

艾家位于森林般的住宅大厦的其中一幢，自由清晰地指导宦楣把车子驶进相当狭窄的马路。

自由笑笑说：“比起宦宅，这里并不是理想的居所。”

宦楣即时回答：“但是你看上去比我开心得多。”

自由没有回答，笑着挥挥手，上楼去了。

宦楣觉得她很有意思，宦晖自有他的福气。

她把车子驶向聂家。

一边驶一边同自己讲道理：他也许不在家，也许不欢迎不速之客，也许正在招呼朋友。

也许……他俩的关系还未到女方可以随时出现的地步。

道理归道理，宦楣双手一点都不听话，直把车子开到郊外，驶进聂宅的私家路，才停下来。

引擎一熄，她的心也静了。

她把脸伏在驾驶盘上不动，过一会儿，她叹口气，又开动车子，迅速掉头，往大路驶去。

一抬头，看到一个人，穿着运动服，站在路口上，双臂抱在胸前，笑眯眯地问：“小姐，找人？”

宦楣松一口气，停车，他一定是听到引擎声了。

聂上游走过来，笑说：“是一辆火辣辣的车子。”

宦楣下车：“这并不是我的座驾。”

“把它的故事告诉我。”

“你有无好酒美肴？”

“你说什么有什么。”

宦楣手臂钩着他的手臂，仰起头笑了。

他的家是那么舒服，那种老式大张的沙发，永远罩着雪白的套子，鼻端接近了可以闻到新近浆熨过的香味，躺下去便不想起来。

聂上游是好主人，客人一进门他就知道她要的是什么，她不必多说一句话，他看她的眉梢眼角就已经服侍得她舒服熨帖。

“我以为你不在家。”

“我刚回来。”

“又以为一个健硕的雪白皮肤的血红嘴唇的女郎会应门而出。”

“料事如神，我刚在后门把她送走。”

宜楣不得不佩服他应对的本领：“你究竟在做什么？”

“你真的想知道？”

宜楣迟疑了，无缘无故涨红了面孔，他一个人在他家中做什么是他的隐私，真的告诉她，怕尴尬的是她。

“跟我来。”

他把她自沙发上拉起来，她犹自忐忑不安，他已经一手推开厨房门，扑鼻而来的是巧克力无与伦比的独特甜香，只见大理石桌面铁丝架上搁着一大堆刚出炉的巧克力饼干，每块巴掌大。

宦楣忍不住嚷出来：“聂上游，我爱你。”

也不征求物主的同意，抓了一块就张开嘴咬。聂上游开一瓶香槟，斟一杯给她，笑问：“爱我，这又是不是结婚的理由？”

与他在一起，总是占下风，又那样愉快，不可思议。

“你瘦了，”他说，“不妨多吃两块。”

“我瘦？你应当去说宦晖。”

聂君不出声。

“你同他有生意往来，请告诉我，是否有摆不平的地方？”

聂君注视她：“今日你来，就是为了这个吧？”

“坦白地说，我有点担心。”

“请听我分析，即使有什么大事，宦兴波也可以控制场面，倘若连他都觉得有困难，我们担心又有什么用？”

“你一点风声都听不到？”

聂君摇摇头。

宦楣知道他骗她。

但她感激他，说实在的，她根本无能为力。

“到了我这里，就不要再有烦恼。”

“再喝下去就不能开车了。”

“我知道你住哪里。”

“哪里？”

“弱水蓬莱西。”

总难不倒他，他总知道什么时候说什么话。

宦楣闭上双眼，轻轻叹息一声。

她没有把所有的巧克力饼干吃光，但的确独自喝光了一瓶香槟。

还坚持开车，聂上游只得坐在她的身边护驾。

她记得很清楚是怎么回家的，她没有醉，女性唯有在十九岁之前醉酒尚可容忍，之后，凡事还是清醒点的好。

她跑进书房去。

她没看见宦晖，父亲背着她托着头独坐。

她过去叫他，他抬起头，宦楣蓦然发觉她父亲已经憔悴。

宦楣装作没事人似的，在父亲身边站了一会儿，想说话，又觉得无话可说，静静离开书房。

她现在明白母亲为何极少同父亲交谈。

皆因不知从何说起。

宦晖一整夜把自己关在房内，他妹妹看到房门底缝那条光线整夜不灭，知道毛豆没有睡着。

眉豆也没有。

天亮时分她悠然入梦。

忽然像是置身一间大堂，排排坐满数百人，仿佛进行聚会，转眼她自窗口看见隔邻大厦失火，乌黑浓烟滚滚冒出，有人说："疏散，疏散。"所有人站起来有秩序地向大门走去，宦楣忽然看见她母亲就在前面，跌跌撞撞，慌慌张张，她连忙叫："妈妈，妈妈，我在这里，不怕，不怕。"过去紧紧抓住母亲的手，一惊而醒。

她睁开眼，看见许绮年站在床头。

"昨夜喝多了？"

许绮年笑吟吟，宦楣错愕地看着她。这人倒是恢复得快，没事人一样。

"你怎么来了？"

“帮令堂大人挑服装。”

“这个时候换季？”

“办喜事总得穿新衣。”

“喜从何来？”

“宦晖结婚呀。”

宦楣见状，说说就变真了，她跳下床来：“你呢，许小姐，公事不忙？”

许绮年答：“对公关部门来说，什么都是公事。”

宦楣笑：“钧隆真少不了你。”

许小姐也笑：“我就是要造成这种幻觉。”

“我洗把脸就好。”

“几时轮到你？”

宦楣一怔：“我？”讪笑了。

“我都听说你的男朋友一打一打的。”

宦楣转过头来，接下去说：“红黄蓝白黑俱全，是不是？”

的确有这么一句，许绮年非常尴尬。

宦楣套上衣裳：“闻名不如目见？”

许绮年连忙解嘲说："是我造次，钧隆一连开除了好几位老臣子，我这张嘴要是不当心，迟早轮到我卷铺盖。"

宦楣问："开除谁？"

许绮年说了几个名字。

都是陪宦晖进出与走得密切的那几个人。

看样子父亲是动了真气，杀无赦。

宦楣拉起许小姐的手："来，我们下去看宦老太打算怎么置装。"

宦太太在她的房间里，宦楣一进去，便看见满地满床满沙发的衣料，晶光闪闪，都抖了开来，一边站着两位绸缎店女职员，笑嘻嘻地极耐心服侍，不时把料子往宦太太身上披搭，指出优点。

难怪许绮年要过去讨救兵，这样子挑到几时去，非得宦楣提点一两句，速战速决不可。

"眉豆眉豆，快来帮眼。"

她终于找到精神寄托。

宦楣决定乐一乐，纵身跳进衣料堆中，扯起一块桃红嵌银线的羽纱，当纱丽似的，在腰间缠了几缠，整匹抖出来，往肩膀上一披，再自背后把纱料兜过来遮到头上，双手合十，说道：“我是蓬遮普的马哈拉尼。”

房间内几位女士笑得弯腰。

正在欢乐，有人轻轻敲房门。

宜楣一抬头：“毛豆，进来，我们替准新娘挑衣料呢。”

“眉豆，请你出来一下。”

宜楣只得把身上层层纱料拆下来，跟哥哥进偏厅。

她先发制人：“听说钧隆许多老伙计因你的缘故提早告老回乡？”

“眉豆。”宜晖答非所问，“我有事与你商量。”

他是严肃的。

“毛豆，你知道你可以相信我。”

宜晖开口：“昨夜父亲与冉镇宾去商议一件事情。”

“我知道，那事没有成功。”

“你猜到了？”

“从他的脸色看得出来。”

“我相信失败是因为叶凯蒂的缘故。”

“毛豆，别荒谬，冉镇宾不是那样的人。”

“我去会晤凯蒂。”

宦楣站起来：“毛豆，你过虑了，我知道你迫切地希望戴罪立功，但这不是正途。”

“我要查清楚。”

宦楣说：“凯蒂恨我俩入骨，你是知道的。”

宦晖叹口气，搓着双手。

“你几时担心过这些事？”宦楣笑问。

宦晖看一眼。

“如果被凯蒂辱骂一顿会令你好过一点，我代你做一次代罪羔羊如何？”

宦晖抬起头来：“你肯为我牺牲？”

“你是我兄弟。”

“眉豆，你一向最会赚我热泪。”

“毛豆，放心，我肯定父亲有能力弥补一切纰漏。”

宦晖点点头：“我要回银行了。”

“喂。”

宦晖转过头来。

“你真的要结婚？”

“自由与我下个月订婚。”

“恭喜你。”

宦晖脸上一点喜意都没有。也难怪，办喜事的并不是他，是宦太太。

那日下午，她勒令宦楣陪同自由一起去选择礼服。

宦楣说：“自由，老太君御驾亲征，多疼你。”

自由只是笑。

一进店门宦楣便看见邓宗平，宦楣的一颗心不由自主几乎没从喉咙里跳出来。

他在这种地方做什么？

莫非来订礼服预备小登科。

宦楣呆呆地站在门口，小邓这时候也看到了她，神色惊疑不定，两人凄苦地凝视半晌，还是宦太太先招呼他：“宗平，我给你介绍，这位艾小姐是我们宦晖的未婚妻。”

邓宗平才回过神来：“啊，宦晖要结婚了？”

宦太太笑问：“你呢，宗平，你陪谁来？”姜是老的辣，不慌不忙套取资料。

“我做我师兄的伴郎。”

宦楣松一口气，但适才那一惊，已经令她憔悴。

她把两手插在外套袋里，看母亲与设计师嘀咕。

邓宗平终于走出试身间，静静站在她身边，过半晌问：“为他人作嫁衣裳？”

宦楣抬起头：“最近很忙？”

“并不。”

“为什么没听见你的声音？”

“我已经决定了，倘若没有更好的理由，就不会像上次那样无故出现。”

“你一直吝啬。”

“对大家比较好。”

宦楣微笑：“你也最懂得自我控制。”

“为此我恨自己一辈子。”

宦楣不出声。

邓宗平过去与宦太太道别，祝贺艾自由，然后离开礼服店。

宦太太说：“如果没有更好的式样，我们到欧洲去买。”

自由拿着图样轻轻问宦楣：“你仍然爱他，他也仍然爱你，为什么？”

宦楣听到这样的知心话，一下子怔住。眼睛一霎小心翼翼含住的两颗眼泪流下来，掉到图样上。

她连忙说：“自由，你好不天真。”别过脸转过来，已把憔悴抹掉。

宦太太在一边抱怨：“一个月筹备婚礼太难为人，最好有半年时间慢慢来。”

宦楣说：“当心他们私奔。”

扰攘半晌，才挑了一袭仿二十世纪五十年代含蓄秀丽的款式，指明要象牙白的真丝缎缝制。

不过宦太太又急了：“订婚穿什么？”

宦楣疲倦地说：“我需要一杯浓茶。”

“好，我们回头再来。”

自由仍然维持同一个笑容，站得笔挺，侍候在旁。

这个小女孩子不简单，宦楣开始佩服她。

一行三人还没走到茶座，宦太太又嚷着要看首饰。换了平时，宦楣早就一声救命落荒而逃，但今天是特殊的好日子，母亲难得找到个名正言顺高兴的借口，做女儿的有义务陪她疯。

转过头去吁气的时候，只见自由给她一个鼓励的神色，宦楣只得笑。

经理正招呼她们，职员开门又放进一位客人。

那位女宾穿一套宝蓝色衣裳，更显得肤光如雪，明艳照人。

宦楣朝她点点头，她也矜持地颔首。

一边宦太太与自由正低头钻研一套项链耳环。

宦楣知道母亲必定一早就看到什么人在这狭小的店堂里，但她老人家永远有视而不见的本领。

宦楣原本早已得乃母真传，但这次她有任务在身，于是开口说："你好，凯蒂。"

凯蒂在她身边坐下来，取出香烟，递给宦楣，宦楣倒有点受宠若惊，一时不知她葫芦里卖的是什么药，亦不相信世上会有不记仇的人，只得先取了香烟。

店员取出一条项链替她挂上，叶凯蒂顾影自怜。

宦楣心想，也不能在她面前太过谦卑，微微笑道："阔了。"

凯蒂转过头来，轻轻一笑："想开了，自然天空海阔。"

这话很有点意思，宦楣乘机说："渴死人，喝杯茶？"

"好呀。"叶凯蒂仍然愿意被人看到她与富家千金坐在一桌，证明她吃得开，有交情。

宦楣与凯蒂推开玻璃门出去。

宦太太与艾自由皆无抬起头来，任由她俩离开。

由此更加可知她们完全明白发生了什么事。

这年头，谁不是狐狸。

凯蒂笑问："与令堂有商有量的那一位，就是你未来的嫂子吧？"

凯蒂自然已经听说了。

宦楣与她找到位子坐下。

凯蒂又说："世上永远有人得来全不费功夫，不流一滴汗，眉豆，那人也不是你。"

"好端端怎么又把我扯进去？"

"一个人际遇的好坏，全然不是因为他做了什么，或是没做什么。"

"凯蒂，你也混得不错呀。"

她沮丧地苦笑："听听，混，运气好你也不会用到这个字。"

"凯蒂，与宦晖这样的人生活，并非福分。"

宦楣忽然间明白，凯蒂并不介意对面坐的是什么人，她只想好好地吐一次苦水，而宦楣正是最佳听众，故事中的每一个主角，宦楣都认识了解。

这并不代表凯蒂会与她冰释前嫌，所以宦楣非要把握这次难得的机会不可。

"听说冉先生对你很好。"

凯蒂点点头。

"且快要正式结婚了。"

"听到这两个字都怕，真没想到，一直梦寐以求的机会，真正来到，却把它拒绝。"

宦楣意外："你没答应他？"

凯蒂说："跟你一样，我也想恋爱。"

宦楣慢慢套她的话："但是，我还想得到权柄势力。"

"你？"凯蒂揶揄，"倒是看不出来。"

"冉先生没有兴趣栽培你？"

“也许会送若干股份给我，但男人的事，还是男人的事。”

宦楣已经得到她要的讯息，仍然不动声色，笑道：“这么说来，你不打算垂帘听政。”

“你真爱开玩笑，我此刻比任何时间都想退休归隐不问世事。”

“我晓得了，大概是冉先生不想你操劳。”

凯蒂忽然醒觉，狐疑地看着宦楣：“你好像对我的事很有兴趣。”

宦楣笑：“你是城里的传奇。”

“你们宦家跟冉镇宾很熟吧？”

“是呀，所以担心有一日见到你要叫伯母。”

“你放心，我仍然是叶小姐。”

宦楣忽然劝她：“做冉夫人也不失礼，感情有许多种，冉先生学问好，有担当，正所谓有身份有地位，你莫轻视他。”

叶凯蒂笑了，接上去说：“烟花女子嫁他也算是理想归宿，值得艳羡了。”

宦楣一抬头，看见宦晖正朝她们走过来，怎么搞的，一整个下午，所有的人都挤到这个商场来。

凯蒂自然也看到宦晖，她脸上笑容不变，神色自若，但是颤抖的手指出卖了她。

宦晖朝妹妹颔首，然后往走廊另一端走去。

凯蒂说："我要走了，多谢你这杯茶。"

"凯蒂……"

"算了，你说的话，我永远听不进耳去，总而言之，我不是坏人，你不是坏人，好了没有？"

"凯蒂，宦晖也不是坏人。"

"那我就不知道了。"

凯蒂踏着高跟鞋而去，晶光灿烂的外表，千疮百孔的内心。

宦楣刚想结账，她大哥出现，拉开沙发椅子坐下来。

这时候，茶座已经客满，四周的人高谈阔论，乐队又开始演奏，三流提琴手把一只小提琴拉得鬼哭狼嚎，令不安的人更加心烦意乱。

"她说什么？"宦晖问。

“她什么都不知道。”

“当真？”

“我打探得很仔细，冉镇宾的公事，她不了解。”

宦晖抱怨：“你让凯蒂瞒过去了，她这个人有心机。”

宦楣觉得好人难做：“我已经尽了力。”

宦晖不响。

“妈妈来了。”宦楣站起来。

宦太太拉着未来媳妇，另一只手提满大包小包。

艾自由随便一坐，刚好坐到适才叶凯蒂的位置上。

宦楣看在眼内，不禁想，此刻邓宗平身边又是谁？

艾自由右手无名指上已戴着一枚鹅蛋形钻戒，她伸出手让宦楣瞧。

宦楣哪里有心思看那个，兄妹俩几乎同时站起来：“妈妈，你们慢慢休息，我们有事先走。”

门外不知几时已开始下潇潇雨，街上所有的污垢都叫这一层雾水泡了起来，天色异常地腌臜昏暗。

宦晖问：“你去哪儿？我送你。”

宦楣讲了聂上游的地址。

“那么远，是什么地方？”

“我自己叫车好了。”

“不，兄妹一场，不怕载你上月亮。”

宦楣看他一眼，真是奇小子，心绪瞬息万变。

车子驶过来，咦，不是那火箭炮，换了辆小房车。

宦楣一脸问号。

“太招摇了。”宦晖说。

谢天谢地，他总算知道了。

往郊外的路也一样挤塞，车子一米一米地移动。

宦晖问：“你爱他？”

“谁？”

“那位先生。”

“爱是一件至为奢华的事情。”

“我担心你。”

嘿，难兄难弟，宦楣何尝不担心他。

“眉豆，让我告诉你，速速找一个人结婚，躲起来，切勿曝光，最平凡的人最幸福，吃得下睡得着，是为快乐。”

宦楣转过头来：“毛豆，你怎么了，还有什么醒世恒言？我来教你两度散手：不要随意放弃自己无穷无尽的宝藏，而专向人乞讨；不要向人夸耀自己的才华与财富，你所拥有的，别人未必比你少。还有，多事不如无事来得舒适自在，多才不如无才能保全纯真的本性。”

宦晖不予作答，专心驾驶。道路进入郊外之后开始通爽，车子加速。

宦楣轻轻说：“胜败乃兵家常事。”

宦晖转过头来，挤出一个笑容：“当然。”他把车停在聂家门口，“祝你有愉快的晚上。”

“你也是，毛豆。”

宦楣目送大哥离去，伸手揿铃，半晌没有人来应门。哟，这次碰了钉子，且流落异乡，交通没有着落。

宦楣围着屋子兜了一圈，找不到松懈的门窗，一抬头，发觉一道铁格子爬梯直通往天台，她反正没事，迟疑一下，便一步一步攀上去，翻身过栏杆，稳稳落在天台上，没想到当年超时爬墙回宿舍的功夫尚未生疏。

青石板地缝已经长满青苔，一大堆白色蜡烛形小花散发甜香，两柱之间吊着一张大绳床，这些倒还罢了，最吸引宦楣的，是近西北角落，放着的一具折反射望远镜。

她笑了，轻轻走过去。

不知焦点对准什么地方，当然不会是邻屋的浴室。

宦楣刚要低头去张望，身后喵呜一声，一只玳瑁皮色的野猫跳上来。

宦楣与它打个招呼，才把眼睛凑到望远镜前去。

她打一个突，这并不是一具天文望远镜，它配有红外线装置。

焦点对牢屋右方斜坡下的一个私人小型码头，宦楣抬起头来，那个长形木排被树丛遮盖，她一直没有注意到。从聂宅走下去，大抵需要十分钟左右。

聂上游为何要注视这个码头？

宦楣的好奇心来了，她继续低头张望，只看到一艘游艇渐渐驶近。

一般游艇通常漆白色，这一艘却通体漆黑，宦楣好不诧异，这是谁的船？船侧并无记号，船渐渐泊近码头，自船舱钻出来的，正是聂上游本人。

只见他与水手交谈两句，便自甲板跃下码头，船员放下他之后，把黑色游艇驶走，在黄昏暮色中，它看上去特别诡秘。

宦楣抬起头来。

关于聂上游，她知道多少？

宦楣有点僵，这番未经他同意，爬上天台来，在一具望远镜内，窥视他的行动，会不会过分？

宦楣决定依着原路下楼去。

没想到玳瑁猫之见略与她相同，一人一猫，争用楼梯，险象环生。

正爬在半空，她听到一把充满笑意的声音：“你想上去呢，还是下来？”

宦楣无地自容，满面通红。

聂上游伸出手臂来接她：“跳。”

他抱住她，轻轻提她放在地上。

“来了多久了？”

宦楣回过神来，恢复本色：“十分钟。”

“如果你继续突击检查，终于有一次，你会看到你要看到的人与事。”

“那又是什么？”宦楣笑嘻嘻问。

“看到我对牢你的照片倾诉爱慕之词。”

“你有我的照片吗？”

聂上游笑：“进来喝杯茶。”

他移开一只茉莉花盆：“门匙在这里，下次请自便。”

这样豁达，又不似是个隐藏秘密的人。

宦楣累了，看见长沙发，便躺下去，用一只坐垫遮住面孔挡住光线。

聂君坐在她身边翻阅文件，开头的时候，她还听见纸张唰唰声，隔一会儿，累极入睡。

醒来的时候，她动弹不得，发觉聂君背着她睡在外侧。

她抽出一只手，去找香烟。他醒了，但是没有动，她缩回那只手，他也知道她知道他醒了，但不敢动，一转身，他的鼻子就会对准她的。

过了不知多久，她听见他问：“你是否是一个奢华的妻子？”

宦楣笑：“请问阁下有什么打算？”

他也笑：“你兄弟婚后恐怕会搬出去住，届时你会寂寞。”

宦楣点点头：“你也知道了。”

他仍然背着她，但是握着她伸过来的手：“不论好消息坏消息，在这座城市都传得快捷。”

“你煮了饭没有？”

“该死，把我当灶下婢。”

宦楣笑得气促。

过一会儿她说：“当心啊聂上游，我也许会爱上你。”

“这样严重？我可以做些什么预防措施？”

“送我回家。”

“你吃过我家的饭，别家的茶礼不能满足你。”

宦楣打算自沙发另一边爬出去，大腿已经搁在沙发背，谁知道重心一失，整张沙发倾侧，把她抖在地上，吓得聂君叫出来。

宦楣大乐，忍不住高声长笑。

接着的一段日子，她帮着母亲忙宦晖的订婚宴会。

一切都筹备妥当的时候，她跑到大哥面前，问道：“为何你一点都不急？”

“反正我一套西装就可以出场。”

“自由蛮紧张的。”

“母亲说订婚后让她搬来同住。”

“她真心喜欢自由。”

宦晖看着妹妹笑。

宦楣悻悻道：“我知道你想什么，老妈爱自由，因为在我身上得不到温暖。”

“我没有说过，真的算起来，我比你更不孝。”

宦楣握住他的手：“为何你语气充满自责？”

宦晖苦笑。

“你情绪低落已经有一段时期了，快快为这桩喜事振作起来。”

宦家并没有邀请太多客人，最令宦楣诧异的是，女方交上来的名单也只得疏疏落落三五个名字。

她与自由说：“你可以邀请整班同学来喝杯喜酒。”

自由摇头笑曰：“别麻烦人家了。”

宦楣艳羡自由的潇洒，轮到她的时候，她也希望可以这样做。

“自由，你比你的年纪成熟得多。”

自由回答：“没有父母的人通常长得快。”

宦楣心里还有几个问题：冉镇宾会不会与叶凯蒂同来？父亲会不会画掉梁小蓉的名字？宗平与上游同场出现会不会尴尬？

一切顾虑都是多余的。

天气虽然略见料峭，却是个天清气朗的好日子。

自由打扮好了，一亮相，连宦楣这样爱挑剔的人都忍不住赞叹大哥眼光，一身乳白缎子礼服端庄秀丽，脖子上三串珍珠的晶润光辉直映到她盈盈的笑脸上。

宦楣轻轻同父亲说：“满意否？”

宦兴波点点头。

宦太太在一旁轻轻说：“所以我一直说，对亲家讲的是人品，不是身家。”

宦楣站在门口迎宾，梁小蓉出现的时候她惊喜地迎出去与她握手，小蓉独自来，而且消瘦得多，她们俩没有讲话，紧紧握手，她逗留一会儿便离去。

宦楣觉得心安理得，脸上的微笑自然得多。

冉镇宾踏上斜坡来的时候，身边没有女伴，宦楣心中一迭声庆幸。

冉镇宾："宦翁呢？"

宦楣抬起头四下张望，果然，找不到父亲的踪迹，也不在意，她看到母亲正与自由的兄嫂寒暄。

宾客差不多到齐，花园有点挤，宦楣全神贯注地在人群中周旋，并不觉得累，但新鞋永远挤脚，是不争的事实。

上半场已过，宦楣决定回屋里换鞋。

经过厨房看到巧克力蛋糕，忍不住坐下舒舒脚筋饱一下口福。

刚在这个时候，宦兴波推门而入，宦楣叫声"爸爸"，才看到父亲身边跟着四位大汉，皆穿深色西装，脸色沉着。

宦楣只见父亲面如土色，不禁站起来问："你们是谁，为何挟持家父？"

他们并不理会宦楣，只是对宦兴波说："宦先生，请你跟我们自后门走。"

宦楣急了，赤脚跟上去："爸爸，你上哪里去？"

她拉住父亲衣角不放。

一位大汉转过头来，以比较温和的语气说：“宦小姐，令尊协助我们调查一些事情，稍后即返。”

宦楣脸色转得煞白：“调查什么？”

“眉豆，让他们走。”

宦楣一转头，见是邓宗平。

“你来了，”她嚷，“快告诉我这是怎么一回事？这些人是谁？”宦楣硬是挡在众人面前，不肯让路。

其中一位大汉不耐烦：“小姐，速速让开，否则告你阻差办公。”

宦楣犹如被人兜头兜脑浇了一盆冰水，通体生凉，牙关打战：“你们，你们是……”

宦兴波的声音非常疲倦但仍然维持镇静：“眉豆，快让开。”

邓宗平挺身而出：“诸位，我是宦兴波先生的律师。”

宗平尾随他们而出。

宦楣一直追上去，看着父亲被四个人推上一辆车子。

邓宗平回头劝说：“眉豆，你且回去，有我在，请放心。”

宦楣看着宗平，已乱的心总算得到一点依归。

只见两辆车子直驶下山坡，绝尘而去。

园子里参加酒会的宾客并没有看见这一幕，只除了一个人，他是冉镇宾，他目击宦兴波被带走，扬一扬左边的眉毛，随即离去。

宦楣回到厨房，发觉双手不停颤抖，连忙取过一杯烈酒灌下肚子。

“你在这里。”

宦楣抬起头：“上游。”她几乎没瘫痪。

聂上游过来扶住她：“快坐下，你脚底流血。”

“他们把父亲带走了……”宦楣抓住上游的肩膀，“为什么？”

聂上游用毛巾拭干净她足底伤口，找到急救箱，替她敷药：“割得很深，我替你召医生来打破伤风针。”

“你没有听到我说什么？回答我。”

聂上游沉默一会儿，终于说：“眉豆，那四个人是警方商业调查科人员。”

“我不相信。我不相信这件事。”她跳起来。

“坐下！”

宦楣呆呆坐下。

“这件事你无能为力，不如静观其变。”

宦晖推开厨房门：“你们在这里偷东西吃？父亲呢，大家等他致辞呢。”

宦楣瞪着兄弟：“毛豆，你是知道的，你一直知道发生什么事。”她扑过去，“你瞒得我好苦。”

宦晖抓住妹妹的拳头：“你在说什么？”

“警察，父亲跟他们走了。”

宦晖整张面孔变为死灰：“几时？”

“刚才，十分钟之前。”

“我的天，律师，快找我们的律师。”他比宦楣更乱。

“宗平跟他在一起，宦晖！你听我说，此事不可让母亲知道。”

聂上游提高声音：“两位请静一静。”

宦晖颓然坐下，掩脸痛哭。

“毛豆，毛豆，究竟是什么，你为何哭？”

聂上游轻轻叹息。

宦楣转过来瞪他："你也知道真相？"

只听到身后有人说："谢天谢地，找到你们了。"

许绮年走进来，只见她钗乱发散，神色慌张，一把拉住宦晖："警方在抄钧隆，你最好与我回办公室去。"

宦楣耳边嗡一声，只觉许绮年的声音很远很远，她耳朵接收有问题，一切都不像是真的，好似不知怎的，误入他人的一个噩梦里。

宦晖如行尸般跟许绮年出去。

宦楣呆了一会儿，跟聂上游说："我想也不用再瞒什么人了，六点钟新闻会公布一切。"

聂上游不响。

"外边还有一个酒会呢。"

宦楣找到鞋子，颤颤巍巍踏进去，撩一撩头发，拉一拉衣裳，取出小镜盒，想补一补，但是手抖得无法搽唇膏，她终于放下口红。

聂上游握住她的手。

宦楣抬起头来，轻轻地说："我现在才知道什么叫作呼啦啦犹如大厦倾。"

聂上游镇定地说："来，把客人打发掉再说。"

聂上游跟着她走到花园。

宦楣深呼吸一下，不知是她疑心大，还是眼睛出了毛病，只见客人都用惊疑的目光看她，不住交头接耳絮絮私语，自由天真地迎上来："客人都说要走，宦伯伯同宦晖呢？"

宦楣知道保护妇孺的责任已经落在她肩膀上，她轻轻问聂上游："愿意支持我吗？"

聂君一秒钟的犹疑都没有："永远在你身旁。"

宦楣吸进一口气，拉着自由站门口："我们送客。"

自由很明显地一怔，但随即服从地与宦楣并肩，与离去的宾客逐一握手。

宦太太过来问："发生什么事？离散会的时间还有一大截呢。"

宦楣朝聂上游使一个眼色，他连忙把她带到屋内去。

一大堆客人在十五分钟内散得一干二净，他们驾车离去时如逃避一场可怕的瘟疫。

宦楣同自由说："你好好陪着母亲，我要到钧隆去一次。”

自由点头应允。

宦楣与上游赶到总公司，适逢便装人员把一整箱一整箱打了封条的文件证据搬上车厢。

各路记者高举工具，正猎取镜头，宦楣推开他们，进入大厦。

公司的门一半关住，只容一个人出入。

宦晖坐在他的办公室里，呆若木鸡。

宦楣摘下襟上的花饰，扔在桌上，那朵粉红色的玫瑰，像一切玫瑰一样，只开了一个上午。

许绮年过来，声音呜咽：“眉豆……”

她伏在宦楣的肩膀上。

是，一向只有他们宦家去接收查办别人的生意，怎么会料到今日这样的一天。

“宦晖，你可以主持大局吗？”

宦晖目光空洞，像是没有听到妹妹的声音。

聂上游问许绮年：“已经通知法律顾问？”

许绮年点点头。

“一有消息，请他们通知宦府，宦晖，我们回家去。”

宦晖溃不成军，伏在桌子上。

“毛豆，”宦楣蹲下来，“无论这是否是一场误会，在这个时刻，我们必须要支持父亲，请站起来。”

许绮年接了电话过来：“眉豆，邓宗平律师找你。”

宦楣连忙接过听筒。

“眉豆，我要你小心听着。”

宦楣眼前发黑，身体要靠着墙壁借力。

“警方现在控告宦兴波讹骗钧隆银行董事、股东、债权人，涉及款项一亿两千四百万美元。”

宦楣紧紧闭上双眼，用手掩住嘴巴，才不致放声尖叫。

“我们现在以五十万现金及一百万人士担保外出候审，你且回家等待消息，我办完事立刻与你会合。”

邓宗平一把事实说完，立刻挂了线。

这边厢宦楣两只手簌簌地抖，完全不听话，电话掉在地下，电线蠕动两下，像蛇一样，宦楣退后一步，怕它缠上来，咬她一口。

“是不是有宦先生的消息？”许绮年过来问。

宦楣没有回答，她蹲在地上，胃部一大团东西涌出来，她张嘴呕吐，她失去控制。

聂上游大惊，过来扶住她，她吐了他一身，脸上肌肉不受控制，不住跳动。

宦晖仍然坐在写字台前不动。

许绮年把宦楣扶进洗手间清洁，不知怎的，宦楣发觉她又可以说话了，她再三地说：“对不起，对不起。”像是要向全世界谢罪。

许绮年把宦楣的脸洗干净，捧着她的面孔说：“镇静一点，别吓坏宦太太。”

宦楣又不住点头：“谢谢你，谢谢你。”

许绮年鼻子一酸，把她拥在怀里，这位大小姐以后怎么办？

聂上游已忍不住闯入女厕来，紧紧抱住宦楣，他很温柔很温柔地说：“让我们回家吧。”

邓宗平在宦府等他们。

宦楣一见母亲，就知道宗平已经把消息告诉她。

她感激他，宣布噩耗实在是件最为难的事。

宦楣憔悴地迎上去："母亲……"

宦太太扬扬手："享了他那么多年的福，为他吃点苦，也是应该的。"出奇地平静，意外地沉着。

聂上游说："我们在书房等你。"

宦楣上楼去换衣服，迎面下来的是艾自由，因心神已乱，看着这标致的女孩子，一时想不起她是谁，含糊打个招呼，她进浴室放一大缸热水浸进去。

这时候，她发觉全身没有一处不痛，脚底心的伤口尤其痛入心脾，胃部也绞痛，她跌跌撞撞自浴缸出来，抓了一大把止痛药丸，吞下去。

艾自由在她身后出现，她替宦楣拢拢湿发，找出衣服，帮她穿上，轻轻地拍拍她的手臂，将一件毛线披肩搭在她身上。

宦楣看着自由，真奇怪，自由一进门，宦家的主人就失去自由，这意味着什么？

宦楣穿好衣服到书房，只见邓宗平与聂上游正在攀谈。

她坐下来，乏力地说："你们有什么话说？"

宗平问："你有无精神听一个故事？"

“我已准备好。”

宗平开始说：“十月十九日之前，有人动用公款，投资期货指数市场。”他的声音不徐不疾，丝毫不带感情，“这个人赢了一大笔，却忘记将公款填塞。”

宦楣静静聆听。

“十月十九日之后，投资者未能平仓的沽空期指合约达三万多张，复市后指数再急跌百分之三十三，绝大部分买空卖空的交易使投资者损失动辄超本金十倍以上。”

宦楣浑身一震。

聂上游按住她的手。

邓宗平说下去：“这时候，为了赔还债项，有人制造了无抵押的大批贷款，不存在的借贷者户口，原来与银行董事有直接的联系。换句话说，有人动用为数更巨大的公款来赎还私人债项。”

宦楣听到这里，发狂似的奔上楼去，大叫：“宦晖你出来，你出来，你怎么对得起父亲，你怎么对得起父亲？”

她蹲在楼梯上号啕大哭。

她母亲过来把她轻轻扶起：“你爹快要回来，别让他看到你这个样子。”

邓宗平低下头来叹一口气。

聂上游正暗暗打量他，见他转过身来，连忙避开他的目光，他当然知道邓宗平是宦楣的什么人。

当下聂君问：“你是否打算代表宦先生？”

“不，”小邓答，“钧隆自有安排。”

邓宗平自顶至踵打量聂上游，聂君觉得他的目光好比锋利的剃刀，暗暗吃惊。

隔了一会儿，邓宗平终于说：“好好照顾眉豆。”

他告辞而去。

伍·风满楼

『你看这些会眨眼的星，
传说每一颗都代表一个人的命运。』
『谁说的，星的命运，
也受奇异力量控制。』

宦兴波在深夜时分回来，宦晖把自己反锁在房里始终不肯露脸，只剩母女两人迎上去。

宦兴波头发凌乱，西装微皱，神情并不激动，抬起头来，对妻女说："他们出卖我，他们带宦晖去赌，我开除他们，他们便出卖我。"

说完之后，他缓缓走回房间。每举一足，都像是有说不出的困难，这样一步一步走上楼梯。

宦楣躺在床上，这才发觉，原来睡得着竟是那样幸福的一件事。

不过也无关紧要了，警方在清晨五点三刻来敲门，带走了宦晖。

宦楣听见犬吠，知道有事发生。

宦晖不肯开门，两位大汉用肩膀轻轻向睡房门撞去，便开了锁。

他们着宦晖更衣，才发觉他还穿着昨日的礼服，揪着他的手臂，带他出门。

宦楣捧起一只大花瓶掷向有关人等。

清晨七点，邓宗平到警局去找相熟的朋友求情，把她带出来。

“他们可以告你袭警。”

“也已无关宏旨了。”

“你母亲需要你。”

“宗平，宦家是否已经完结？”

“我并不是预言家。”

“难道还需要未卜先知？”宦楣凄苦地问。

“我们去吃一个早餐，跟我来。”

宦楣连流质都喝不下。

“事情刚刚开始，你不能就此垮下来，这种官司一拖大半年不稀奇，你要以抗战的心态奋斗。”

宦楣不出声。

“伯母的镇静使人担心，你要加倍照顾她。”

邓宗平永远像小老师，永远。

宦楣忽然说：“我欲偕母亲远离此地，到遥远的地方找一个偏僻的小镇躲起来以度余生，我们将隐姓换名，没有人会认识我们。”声音渐渐低下去，因自觉理亏。

邓宗平看着她：“就这样离弃你父兄？那比法利赛人还不如，在他们最繁华的时候，你难道不曾与他们共享富贵，你难道未曾以他们为荣？”

宦楣含泪答：“对不起。”

“我送你回去休息。”

宦楣仰起头，眼里充满“陪着我，宗平”。

“我还以为你已经长大。”宗平说。

宦楣苦涩地说：“现在再希冀有人接收我，简直是天方夜谭。”

“你别看扁了人。”

宦楣一时会不过意来，也没有心思去揣测他语里含义。

自由在家里等她。

“医生来过，伯母已经熟睡。”

“自由，你过来。”

两个女孩子一起坐下。

宦楣说：“你现在回家还来得及，自由，没有人会怪你。”

自由低下头，看着手心，微微笑：“是因为我不受欢迎？”

“别胡说，这个宦家，已不是当初想迎你进门的宦家。”

“我看不出有什么分别，除非宦晖不要我，否则没有理由叫我走。”自由语气十分平静。

宦楣内心激动，握住她的手：“自由，谢谢你的支持。”

自由轻轻说：“这是我的义务。”

宦楣到书房去敲门。

过了许久，宦兴波在房内叫她走开，他欲独自静静思考一些问题，连女儿都不想见。

宦氏大宅忽然阴云密布，宦楣开亮了所有的灯，仍然无法驱逐那股幽暗的压力。

她取过车匙，同自由说：“我出去走走。”

到了车房，才发觉是火红色跑车的锁匙，宦楣心中愁闷，正想发泄，坐上车子似箭一般开出去。

下雨了，豆大的水珠打在车窗上，雨刷迅速左右移动，宦楣没有将车子减速，驶上郊外公路时，有两辆改装过的房车尾随她身后想超速挑战。

宦楣把一股恶气尽出在他们身上，在大雨中将车身不住摇摆，故意不让后车驶上来，那两辆车见有反应就大乐，紧紧尾随，好几次把保险杠贴上来。

但是宦楣的车始终与他们维持约一米距离，无论他们怎样努力，还是差那一点点。

渐渐后面的车子发觉被耍，仍不气馁，死命地追，但宦楣已经不想再玩，转移排挡，一踩油门，十秒钟内去得无影无踪。

那两辆车的司机惊魂甫定，才发觉能耐与技巧都与红车相差十万八千里，不禁傻在那里。

宦楣把车子驶往聂宅。

雨越来越大，水花四溅，跑车身矮，水几乎要涌入窗门，宦楣这才发觉她没有关好车窗，她半边身子已湿。

她把车子驶进私家路，停在屋檐下。

她长长吁出一口气。

找到花盆下的锁匙，开门进屋，斟杯威士忌喝。

聂君不在，她坐立不安，很难形容这种痛苦的情绪，五脏六腑像是转了位置，时间空间也十分混淆，她只会做一些基本简单的交替反应动作，精神像是十分麻木混沌，因为她不累不渴不饿，但又像十分灵敏，因为一点点小事都会使她跳起来发抖。

她蜷缩在沙发上，希望永远不会有人找到她。

茶几上的电话响起来，她吓得把头埋进坐垫里。

录音机自动把电话录下来，又告熄灭。

宦楣从来没有这样害怕过。

想到父兄的命运，她的背脊爬满冷汗，不由她不用手掩住面孔。

“眉豆，眉豆你在屋内？”

宦楣如遇到救星，立刻站起来。

聂上游脱下湿漉漉的雨衣：“我找你呢，刚听到宦晖的消息。”

宦楣低下头。

“来，让我服侍你。”

“慢着，上游。”

“你有话要说？”

“是的。”

“我在听。”

宦楣叹口气，神情如一只受伤的困兽，她发了一阵子呆，才能开口：“当我很小很小的时候，心爱的洋娃娃被宦晖摔在地下，跌破面孔，我就觉得，这是世界上最坏的事情，于是置一切不顾，痛哭数日。少女时代，因男朋友离弃我，感觉似被刀分割，痛不可当，于是又想，这分明比死亡还要可怕。之后，又经过长时间的寂寞空虚，无论身边有多少人，无论场面多么热闹，仍然觉得无味孤清。”宦楣哭了。

聂上游递手帕给她。

他的目光落在电话机上，发觉小红灯不住闪烁，表示有留言待复。

聂上游不动声色。

宦楣呜咽地说：“现在我才知道，那些琐事比起今天，不值一哂，我实在不认为我熬得过这一次。”

“眉豆，你认为严重的事情，社会司空见惯，请振作一点。”他把电话插座拔出来，“我做了龙虾汤，我们吃了再说。”

聂君走到厨房，轻轻掩上门，装好电话，按下键，听留言。

“翼轸，请回复总部，急。”

聂上游立即拨电话号码，一连十四个数字。

电话接通了，他报上名去：“翼轸聂上游。”

那边才吩咐了几句话，一向沉着的聂上游忽然一震，悚然动容。

他脸色阴晴不定，要过一会儿，方能用冷漠的语气答：“翼轸重复讯息：宦兴波宦晖父子，这边时间后日二十九日零二三零时，航线照旧。”

他缓缓放下听筒，把插头再一次拆除。

这时候他已经恢复平常神情，热了一碗龙虾汤，取出去，嘱宦楣喝下暖身。

宦楣轻轻说：“幸亏有你。”

聂上游忽然转过头来：“我有什么价值？”他握住宦楣

的手，有一天，她会后悔认识过他。

过一会儿他说：“要不要看中午新闻？”

“那我避开一会儿。”

“眉豆。”

“不要叫我面对现实，我尚未准备好。”

“那么大家都不看。”

宦楣问：“宦晖几时能回家？”

聂上游答：“邓宗平一直陪着他，下午一定可以出来。”

她点点头。

聂君探头过去：“要不到我床上躺一会儿，要不上天台看风景？”

“我睡不着，也走不动。”

“睡不着没办法，走不动我背你。”

他真的把宦楣背在身上走上天台，步伐稳健可靠。

宦楣茫然想，可惜他俩不是到比天台更远的地方去。

雨已停，雾却未散，空气清寒。

聂上游替她拢一拢头发，让她靠在他身上。

那只流浪猫又过来了，小心翼翼地喵呜一声。

宦楣轻轻说："我羡慕你。"

聂君笑："天地万物，人最不好做。"

宦楣比她兄弟早回家。

晚报更早在茶几上等她。

娱乐版上有叶凯蒂巨型的彩照，凯蒂告诉记者，宦晖一直只不过是她普通朋友，她对他并没有了解，事发之前，久无往来，宦君亦早已订婚云云。

记音有闻必录，完全不去追究前言后语。

自由阅毕新闻后一点表示都没有，更显得难能可贵。

律师陪着宦晖回来，他们会同宦兴波，进密室商议。

邓宗平找到宦楣："眉豆，我们找个地方谈谈。"

宦楣看着他："谢谢你为我们出力。"

"我并没有做什么。"

"我希望你能为他们辩护。"

邓宗平说："钧隆拥有一整队的大律师。"

"有你参与，母亲与我都比较安心。"

邓宗平吁出一口气，欲语还休。

宦楣说："你有什么困难？"

他们在会客室坐下，默默地相对无语。

邓宗平觉得它真是一间不吉祥的房间，每一次坐在这里，都有不愉快的事情发生，上趟他来，是为着要与宦楣分手。

他只能说："快过年了。"

"年？呵，是。"宦楣低下头。

"白皮书将在三月份公布，届时直选问题可获分晓。"

宦楣轻轻说："原谅我，我不关心这些。"她心乱如麻，身如汤煮，整座城市在此刻沉下海底，也不能使她比现在更加愁苦。

"我明白。"邓宗平说。

"你真的了解我的意愿？"

邓宗平忽然说："眉豆，等这件事告一个段落之后，让我俩结婚吧。"

宦楣听得很清楚，不禁讪笑起来："宗平，你不像是个凑热闹的人。"

"眉豆……"

宦楣摆手："我知道你最最见义勇为，但又何必牺牲终身大事来证明这一点，你没有离弃宜家，仍然做我们的朋友，我已心足。”

“你疑心太大了。”

“你同情我是不是？宗平，因可怜我，往日那点小小的爱火又燃烧起来。”

“不，眉豆，给我一个机会说话。”

宜榍把一只手指放在他嘴唇上：“奇怪，只有在法庭中你才显得口齿伶俐，生活中你一直是讷于言辞。”

邓宗平说：“我侧闻你找到了别人。”

“谁都没有用，三两年内，宜家要应战，不办喜事。”

“眉豆，我为你们难过。”

“我还算幸运，我仍有朋友。”

“你可以放心，我永远会在这里。”

用人匆匆进来：“小姐，太太找人。”

宜榍奔上去，只见母亲挣扎下床，伸长手臂，一如婴儿无助，宜榍紧紧拥抱她，只听得她问：“毛豆回来没有？”

“他与父亲在楼下。”

“不要责怪他。”

“不会。”

“眉豆，不要离开我。”

宦楣在母亲的寝室，一直陪到天明。她干坐在一张安乐椅中，什么都没做，双眼瞪着一具古董小挂钟，看时间一分一秒地过去。

晨曦来临，宦太太躺在床上，半醒半寐，偶尔梦呓，总是一句话：“毛豆回来了吗？”

毛豆轻轻推开房门，刚刚听到这几个字，兄妹相拥而泣。

“眉豆，过来，”他把妹妹拉到房中，压低声音，“我要你好好地听着。”

他们俩在房间的一个角落，席地而坐，宦楣记得，童年时，兄妹常常躲着商量一些微不足道、可气可笑的事，像紧张而郑重地商讨如何为一张不及格的卷子求父亲饶恕。

宦晖：“眉豆，我与父亲决定离开本市。”

宦楣张大嘴，瞪着兄弟。

“你要保守秘密，好好照顾母亲。”

宦楣一阵晕眩：“你们要到什么地方去？”

“现在还不知道。”

“宦晖，你们的旅游证件已被扣留。”

“你不要管那些。”

“宦晖，你要与父亲弃保潜逃？”

他不响，用空洞、密布红筋的双眼看妹妹。

“我不赞成，毛豆，你不能一错再错，这件案子的法律观点很有问题，还需要经过内庭争辩。”她紧紧抱住宦晖，“不要走，不要离开母亲与我。”

“眉豆，这是父亲的意思。”

“不行，我下去同他说。”

“他不想看到你，他根本不准备把这件事告诉你，我们本来打算一走了之。”

“毛豆，地球才那么一丁点大，你想躲到什么地方去？”

“总有我们的容身之处。”

“不见得，毛豆！说服父亲，留下来面对现实。”

“不行，父亲拒绝这种羞辱。”

宦楣急极而泣。

“我真后悔告诉你，看样子你守不住秘密。”

“自由呢，你放下她不顾？”

“我自有主张。”

“宜晖，你们什么时候走，在何处出发？”

“细节你别管，我们现在就话别。”

“毛豆，你这一走，也许就回不来了。”

宜晖闭上眼睛，面部肌肉不由自主地扭曲抽搐。

“毛豆，他们会通缉你，你想过没有，你真以为你能躲一辈子？”

“太迟了，眉豆，不要多说，过来让我看清楚你。”

宜楣号啕大哭。

“嘘，嘘，不要这样，当心眼珠子掉出来。”

二十多年来，宜楣引以为荣的一切，都弃她而去，在她指缝溜过，抓不住留不下。

第二天晚上，一家人同桌吃饭。

宜兴波坐首席，把丰富的菜肴分别布到妻女子媳面前。

他一声不发，表现沉着。

这分明是最后的晚餐。

宜楣多么希望他会回心转意，留下来勇敢地打这一仗，取回公道，讨一个清白。

但是一顿饭时间，宦兴波没有说过一个字。

各人面前满满的饭菜动也没动，甚至没有人取起筷子。

坐了大半个小时，宦太太先觉得累，轻轻站起来，晚宴就这样散了。

宦兴波向女儿招招手。

宦楣过去侍候他。

他凝视女儿良久，一语不发，半晌转过头去，向老伴点点头，独自回寝室去。

宦楣知道父亲一定是在今晚走。

她已经麻木，不懂得思考。

当然，她可以知会邓宗平，向有关方面通风，把父兄留在本市，但她办不到。

只听得宦太太自言自语地说：“快过年了吧，什么都还没准备，唉，不知不觉，你们回来几乎有一年了，光阴似箭，日月如梭。”

宦楣与自由呆呆地听着。

宦太太说下去：“我记得牡丹花要早点定，自由，这些你都记在心里，将来，都是你的事。”

自由低声答：“是。”

宦太太说：“我觉得好疲倦。”她用手托着头，表情一片困惑，似一个迷途的孩子，边走边玩几十年，忽然落寞想回家乡，却找不到归路。

自由扶着她上楼休息。

宦楣走到花园去抽烟。

她已无观星的心情逸致，刚在发呆，听到身后窸窣一声，转过头来，见是家里的老司机。宦楣诧异了，他也到后花园来黯然伤神！

老司机见宦小姐发现了他，不得不硬着头皮露面。

他说：“我正替老爷难过，在我眼里，他明明是个好人，待下人是极宽厚的。”

一句话触动宦楣心事：“你贵庚了？”

“五十五。”

“与家父同年。”

老司机本来要说：我们怎么能与宦先生比。忽然想起宦某此刻的处境，硬生生把话咽下喉咙。

只听得宦楣说下去："我记得你有两个孩子。"

"一男一女，都有了自己的孩子。"

"我还记得他俩与我们兄妹同年。"

司机答："小姐你好记性。"

"他们生活很幸福吧？"

"托赖，过得还不错，老叫我退休，儿子做小生意开了家小印刷店，女儿一直是注册护士。"语气透露着满足自在。

"你的股票怎么样了？"

他有点不好意思："女儿见我成天唠叨，受不了，问我输掉多少，贴补给我，嘱我以后不要再玩。"

"呵。"宦楣发呆。

看，看人家女儿多么能干，一举手便救老父出苦难，宦楣又能为宦兴波做些什么？

老司机见她神情呆滞，便不再说话，讪讪地退下。

过不多久，自由缓缓走近，坐到宦楣身边。

"母亲睡了？"

自由点点头。

跟着宦晖享过福的女孩子不是没有，却不是艾自由。

“宦晖呢？”

自由很平静地回答：“在收拾细软。”

宦楣一震：“你知道了？”

“他今天早上告诉我。”

她神色一点不见有异！

“他说你已经知道，可是我看不出蛛丝马迹。”

“你不怕？仍然义无反顾地等他？”

“他说稍后安定下来便派人接我。”

“跟他过逃亡的日子？”

“怕什么，偌大的北美洲不知几多黑市非法居民。”

“可是你要背井离乡，或许一辈子见不到亲人的面。”

自由坦然答：“我父母早已过世。”

宦楣不得不承认：“宦晖还是有一点点彩数[1]。”

“你呢，你同邓律师可以从头开始？”

宦楣低下头，涩酸地说：“我与他，是二十世纪最大的一场误会。”

---

[1] 彩数：粤语，即运气。

自由仰头，看着天空：“你看这些会眨眼的星，传说每一颗都代表一个人的命运。”

“谁说的，星的命运，也受奇异力量控制。”

自由看她一眼，笑笑，站起来走了。

宜楣不打算睡觉，屏息等到深夜，看见一辆小小不亮灯的黑色房车，悄悄开上来，停在路口，接应的人来了。

父亲卧室的灯光闪了一闪，宜楣立刻到车房去。

不久有两个人影自书室长窗掩出，轻轻走过花园，上了车。

车子随即开走，宜楣尾随在后。

她比他们更熟这条路，她自另一头下坡，在大路上等候他们驶至，这样，他们再也不会怀疑有人追踪。

两辆车子一前一后向郊外驶去。

路至一半，车子已非常稀疏，前车早已发觉有人尾随在后，宜楣看见她父亲回头张望，认出她的车子。

前车缓缓驶进一条私家路，宜楣惊疑不定，这条路对她来讲，不陌生。

车子停在路旁，司机跳下车，沉着地向宜楣走来。

他问："你一个人？"

宦楣点点头。

"请你立刻把车驶回，否则我们拒绝完成任务。"

宦楣说："我要与父兄道别。"

那司机说："一分钟内你不离开，你父兄可以跟你回家。"

宦楣抬头，看到父亲朝她打手势，叫她走。

宦楣立刻把车子掉头，驶远。

她把车停在公路的避车处，手臂抱在胸前，过了十分钟，她往回驶。

不用人带路，她都知道前车的去向。

他们一定准备从水路走。

宦楣把车往回驶，静静停下，她取出一具电筒，徒步摸黑往小路走下去。

她知道小路尽头有一个私家码头。

宦楣恰恰来得及送那艘漆黑的游艇轻轻驶离码头，深夜中它如魅影似的载走她的父兄。

她站在码头中段向它挥手，在黑夜中，它一下子为浓雾所遮掩，速度奇快，几乎即时去得无影无踪。

公海自有接载的大船。

宜楣叹息。

她仰起头，这是一个没有月亮的晚上。

她往回走。

走到一半，她很平静地用很普通的语气说："你还不出来，想躲到几时去？"

她身后嘁嚓一响，一个人影自矮树丛中钻出。

宜楣跟着说："翼轸出入口公司，没想到你负责运进运出的是人口。"

那个人不出声。

"你至少应该告诉我一声。"

宜楣没有停下脚步，一直往上坡走。

"真没想到你做的是这些勾当。"

走到有路灯的地方，宜楣转过头来，看着黑衣黑衫的聂上游。

"真奇怪，自古做贼的都爱穿黑色夜行衣。"

聂上游知她心中气着，不与她辩驳。

"为什么不提醒我，我父兄才是贼中之贼？"

聂上游仍不作声。

“今晚没有香槟招待？”

他伸手做一个请的姿势，招呼宜楣入屋。

宜楣找到酒瓶，索性不等杯子，抓住瓶子就灌，鲸吞几口，用手背擦擦嘴，颓然倒在沙发里：“多谢你成全两个疑犯。”

聂上游坐下说：“我只不过听差办事。”

宜楣摆摆手：“全世界的刽子手都这么说。”

“是宜先生本人与总部联络，老板方叫我执行任务。”

“当然，你没有错，他也没有错，全是社会的错。”

“我不能告诉你，但事前已吩咐宜晖预先通知你。”

“呵，我明白了，原来你们待我都已仁至义尽。”

“眉豆，原谅我，这件任务关系重大，不能从我嘴里泄露消息。”

“刚才我也险些坏了你们的大事，差一点点，你的手足以为我会大义灭亲，向警方举报。”

聂上游维持缄默。

宜楣又喝了几口酒。

命运总使她碰到同一类的男性，他们总是忠于任务多过一切，无论黑道白道，她总没有在他们心目中占第一位。

真是失败。

半瓶酒下肚，宦楣的身子渐渐暖和，精神放松，人生观也变得不一样。

她问聂君："近年来那么多大案子，翼轸的生意很好吧？"

聂上游实在无法招架。

宦楣拍一下掌："这下可都明白了，可记得我们在法庭外偶遇！那次，你特地向梁国新兜生意吧，但是他没有走，你赚不到佣金。"

聂上游索性任她揶揄嘲弄。

宦楣放下酒瓶："我该走了，我还得编一个故事，使每一个人信，我不知情。"

"你不适宜驾车。"

"我可以应付。"

"我送你。"

"你留在家比较好，那个电话随时会响，说不定有什么更重要的货等着出埠。"

她走到车旁，脚步一样笔直，但她找不到车匙，聂上游已经把它收起来。

“坐过去，待我来开车。”

“我不要领你的情。”

“我恐怕你这次会事与愿违，只有我一个人知道宦兴波与宦晖在何处落脚，只有我可以与他俩联络。”

宦楣抬起头来发呆。

聂君把她推到邻座，发动车子。

“我从没有对你说过谎，也许有些事我不该省略不提。自唐人街到小西西里，再与波多黎各党魁结交，最后赏识我的这位老板，是帮会大哥。眉豆，一个人总得生活，但是你对生活全然没有了解，我知道你不会原谅我。”

宦楣本来不打算说话，终于忍不住：“你与邓宗平都看不起我，因我没有吃过苦，我倒情愿一直如此，并不希望在你们跟前升级。”

聂上游心里不好过：“我怎么好同邓君相比。”

宦楣的眼皮渐渐沉重，头抬不起来，酒意发作了，她的灵魂像是要飘进另外一个更美更好的世界里去，她听见一个小小的声音说：这里没有什么值得留恋，走吧，走吧。

若不是聂上游推她，她已抵达彼邦。

“眉豆，醒醒，眉豆，下车。”

宦楣睁开眼睛：“到家了吗？”

“你要在这里转车。”

“为什么？”

“看。”

宦楣定睛一看，只见前面路口停着黑白两色的车子，车顶蓝灯刺眼地闪动。

天色已露曙光，宦家父子早已走远。

宦楣说：“我还有力气，我可以徒步上去。”

“不要再与我联络，我会找你。”

“别担心！我不敢出卖掌握我父兄消息的人。”

宦楣推开车门，悄悄下车。

家门口一大堆人在等她，邓宗平是其中之一。

宦楣站到母亲身旁，宦太太尚未更衣，披着头发，穿着睡袍，一脸茫然。

邓宗平闻到一阵酒气，痛心地问：“你到什么地方去了？”

宦楣微微笑，跌到沙发里，回答：“寻欢作乐。”

“宦先生同宦晖失踪，你可知道？”

宦楣张大嘴：“怪不得那么多制服人员来搜查，我父亲呢，我兄弟呢，他们在哪儿？”她提高声音叫嚷起来。

邓宗平凝视她，她也瞪视他，她再也不用怕他，她最近所经历的，已使她麻木，忘却害怕。

他们做完调查，拔队离开。

宦太太似乎有点糊涂，拉着自由问：“宦晖父子到什么地方去了？”

自由不知如何是好，宦楣过去硬着心肠回答：“跑了。”

宦太太又问：“他们几时回来？”

宦楣又说：“没有人知道。”

宦太太问：“那怎么办？”

宦楣说：“试着办，没有他们，照样也得生活。”

宦太太似乎仍未听懂，她问女儿：“你呢，你会不会离开我？”

宦楣正站在窗前，刚好看到藏在树丛内的一辆小车。

“我！我不走，母亲，我会陪着你。”二十四小时受到监察，不是那么容易走得掉。

她做了黑咖啡喝，大杯大杯地灌下去。

邓宗平在厨房找到她。

“你鞋上都是泥泞，去过什么地方？”

宦楣笑。

“你知道他们的下落是不是？”

“我什么都不知道，不要盘问我。”

“但是你去送过他们。”

宦楣想起来，自车里看过去，只见到父亲缩小了的面孔是灰黑色的。

邓宗平压低声音：“你知情不报，协助他们逃亡！”

宦楣抬起头来，很遗憾地说：“宗平，你看，你并不是真的想同我结婚。”

“这与婚事完全无关，我们此刻在讨论你做错的一件事情。”

“我一直以为爱没有错与对。”很明显，他不是这样想，邓宗平永远是正气的化身，对他来说，每个人都有罪，直至清白。

宦楣微笑，到这一刻，她才摆脱他的控制，她不再爱他。

“宗平，你有你的看法，我有我的，我不希冀得到你的同情，此刻宦家对你声誉有损，我们还是少来往的好。”

“这是什么话。”邓宗平拉着她。

“我很疲倦，想去躺一会儿，上次睡觉，可能已是十天前的事了。”

“我稍后再与你联络。”

宦楣苦笑：“不要叫醒我，不要唤我回来这个世界。”

她倒在床上，昏然入睡。

思维并没有停止活动，她一直在床上转动，终于满头冷汗，跃起来惊呼。

张开眼睛，看到许绮年坐在床头，她不禁握紧她的手。

“眉豆，睡得这么辛苦，还是醒着的好。”

“我看见宦晖，他衣衫褴褛，伸手向我乞讨。”

“眉豆，镇定一点，我有事同你商量。”

宦楣喝一口水：“什么时候了？”

“你睡了四个小时。”

“像有一百万年。”

“眉豆，现在你是一家之主了。”

“可不是，真可怕，像打仗一样，迫近身来。”

许绮年欲语还休。

宦楣说：“你有话直说好了，我不相信还有更坏的新闻。”她停一停，“许小姐，你至今不嫌弃我们，真是难得。”

许绮年吐出一口气：“十多年前，初入钧隆，我不过是个略懂打字速记的中学生，没有宦先生提拔，哪有今天？况且，我们到哪里不过是打工，并无受牵连的资格，何必见风使舵？”

“找到新岗位了吗？”

“我想同你说，我会放两个月大假，之后，就到冉氏公司上班。”

“冉氏，冉镇宾？”

许绮年点点头。

宦楣呆一会儿：“他来钧隆挖角？干得好。”

许绮年黯然：“冉翁一直表示对我很欣赏，从前还以为他开玩笑。”

“你看，真金不怕红炉火。”

“眉豆，还有一件事。”

宦楣拉过一件毛衣套上身，穿了一半，发觉是宦晖的衣服，心中一阵酸痛。

许绮年鼓起勇气说：“这间大宅，已经抵押出去了。”

宦楣自衣领中冒出头来，瞪大双眼，不可能还有这样的冲击，宦家已经溃不成军，身败名裂，难道尚有更黑暗的灾难在等着他们?

“眉豆，楼宇已押给冉镇宾先生，下个月五号他就有权来收房子，他特地叫我通知你们，宽限到月底，你们一定要走，否则他要采取法律行动。”

宦楣每个字都听见了，内心却一片空白，不晓得做出适当的反应。

“眉豆，原谅我这张乌鸦嘴，我也是听差办事。”

听差办事。

这句话好不熟悉。兵败如山倒，每个人都是逼不得已，众志成城，造成宦家灭亡。

“这间屋子的风水不算好，眉豆，反正现在只剩你们母女两人，不需要这样大的地方，冉翁吩咐过我，嘱我帮你们另外找公寓搬。”

宦楣已经不会说话，她感觉到呼吸困难。

许绮年苦笑：“‘当我们能够说，这是最坏的时刻时，这还不算是最坏时刻。’《李尔王》第四幕第一场。眉豆，对不起。”

“不，不，许小姐，这不关你事，但请你告诉我，我该如何向家母披露这个消息？”

许绮年的目光充满怜悯，谁会想到她们母女会有这样的下场，忽然间，她想起当年初见宦大小姐的情形来。彼时她刚升为宦兴波的私人秘书，过农历年，第一次有资格跟大伙到宦府团拜，看到一个清丽的，只比她小几岁的女孩子穿着一身粉红色凯斯咪衣裙出来打招呼，言语间全然不知民间疾苦。

许绮年记得她慨叹地与同事申诉：“我在她那年纪，早已经是历尽沧桑一妇人了，你看她，恐怕一辈子可以在象牙塔内做小公主，我就不服气人的命运，何以我们偏偏挨得乌龟似的？”

同事瞪她一眼，轻轻责备说：“啀，贫民窟中，不少人生下来还一头疮呢，小姐，你有没有疮？比上不足，比下有余啊，勿要不满足了。”

转眼间，物是人非，事过境迁，沧海桑田，许绮年自觉阅历再足，也受此事震动，语塞无言。

只听得小公主犹自喃喃自语：“我怎么跟母亲说？”

许绮年回过来：“我这里有个打算，愿与你从长计议。”

宦楣如获救星：“请帮我忙。”

“暂时什么都不要与宦太太说，找到房子，搬过去，只是暂避风头。”

宦楣忙不迭点头。

风满楼

陆·

『与我一起走，眉豆，
到任何一座你喜欢的城市长住，
我们会得到快乐。』

离下个月五日，只剩两周。

宦楣自小与冉镇宾熟稔，由他教会她这名世侄女滑水潜水，没想到，今日逼迁的也是他。

在商言商，冉某又不是从事慈善事业的人，无论谁把房子卖与他，都得依时交货。

宦楣不恨谁。

在许绮年协助下，她遣散了大宅里六名帮佣。

老司机前来辞行时双手颤抖。

宦太太静静坐在一角观看一切情况，完全有种事不关己的样子，像是一场话剧的观众，人来人往，幕升幕落，与她毫不相干。

宦楣只留下一名近身女佣服侍母亲。

才半天，宦楣发觉宦宅之所以一直富丽堂皇，熠熠生辉，原来全仗一班帮佣努力维修打扫，他们一走，屋里顿时暗淡无光，电话都没有人接听。

宦楣要开车送女佣到市区买菜。

门外有便衣盯着她的行踪，并不收敛身份，笑嘻嘻看着她，一边挤眉弄眼。

宦楣忍无可忍，用两手做一个最粗鲁不文明的动作，向他致敬。

便衣大吃一惊，倒退两步。

宦楣上车而去，自然另有跟踪的车子。

宦楣茫然，恁地好兴趣，还同这些人开玩笑，看样子她会活得下来。

一时没想到生命力会这样强，她忍不住打一个冷战。

到达市场，用人问她取钱办货。

宦楣呆住，要到这个时候，她才知道钱的真正意义，她结结巴巴地说："我身边没有钱。"

老工人说："我先垫一垫。"

宜楣这一下非同小可，像是挨了好大一个巴掌，且全然不知谁发的招，谁主动。

回家半途，汽油用尽，连加油的零钱都要用人代付。

原来没有这位孔方先生，寸步难行。

宜楣脚步虚浮，回到家中，玄关上悬的那盏一米直径的水晶灯像是要压下来似的，她连忙避到墙角喘气。

“眉豆。”

她抬头看：“小蓉，梁小蓉。”

小蓉飞奔过来，与她相拥。

小蓉轻轻说：“我没有用电话，他们说电话全装上窃听器。”

“他们是谁？”

“江湖上的人。”小蓉口气幽默。

宜楣苦笑：“小蓉，你好吗？”

“我还在生活。”

“伯母好吗？”

“我让她到温哥华去探访阿姨。”

“你们的经济情形如何？”

“叔叔非常照顾我们。”

“真是不幸中之大幸。”

“到了这种时候，你才知道谁有伟大的人格，不过眉豆，请记住我们没有资格要求他人为我们做伟人。”

“我明白。”

“听说邓宗平同你终于散开了。”

“他前途无限，过些日子要到局里去主持大事，怎么能同我在一起。”

“齐大非偶，爱？”

小蓉说得这样趣极，宜楣觉得好笑，这句话，早三五年，要掉转头来讲，时移世易，一些人的下去，才会造就另一些人的抬头。

宜楣无限惆怅。

艾自由寻声探头张望，宜楣招手：“来见我最好的朋友梁小蓉。”

“这位是自由吧，真正难得。”

她们俩人握手。

宜楣这才发觉一屋都是女子，像打仗时一样，男丁通通流亡在外。

宦楣送小蓉出门。

“寒流来了，数星星的时候多穿一点衣服。”小蓉说。

星?

多么遥远的事，宦楣不相信曾经一度她竟有心思观星度日。

她问小蓉：“你认为我应付得了？”

“当然，我做得到的事，你也可以。”

宦楣不出声。

“求生的律例原来最简单不过：死不去，也就活下来了，战壕中的士兵都明白这个道理。”

当天晚上，宦太太召集女儿与媳妇谈话。

她轻轻把名下所有私蓄放在桌子上，仿佛想说话，张开嘴，又合拢，大概觉得没有必要再做解释，每一件事都简单明了。

她上楼去了。

宦楣问自由：“我们可以维持多久？”

自由比她经济实惠，她盘算一下：“约六个月。”

“首饰呢？母亲有许多闪烁的石头。”

自由说：“既然不见，一定已售。”

宦兴波尽了九牛二虎之力，花了三十年建立此家，宦楣真不明白何以一场赌博会使他们倾家荡产。

两个年轻的女子相对无言。

宦楣发觉自由嘴角孕有笑意，她大惑不解，过很久，她才发现，自由那菱形嘴角天然弯弯向上，不笑也像笑，天生一副令人愉快的表情。

宦楣轻轻说：“你要是现在回家的话，少吃许多苦。”

自由这一下子真的笑了，她不睬她，独自上楼去。

宦楣躺在沙发上，盘算着搬家的事，小时候，她听过许许多多奇怪的传闻：王家生意倒闭后，公子竟去做地盘工人。还有，萧家的房子充公，一家住到车房去。何府的媳妇不甘出卖珠宝帮忙补偿，愤然服药。

宦楣一直把这些当天方夜谭，左耳进右耳出，听罢讪笑一会儿也就丢在脑后。

现在她的地位跃升，从一个听故事的人，变为故事的主角之一。

“眉豆。”

宦楣睁开眼睛：“你怎么进来的？”

聂上游微笑：“只有千年做贼的，没有千年防贼的。”

“原来你还是飞檐走壁的侠盗，闲话休说，可有我父亲的消息？”

“他们已经安全抵达第一站。”

“什么地方，马尼拉、曼谷、新加坡？”

“我听说你们要搬出去住。”

“上游，请安排我与他们通一次话，我恳求你。”

他轻轻说：“那不是我能力范围以内的事。”

“每事必有例外，你一定可以办得到。”

聂上游答：“我尽量想办法。”

“自由几时走？”

“我不能告诉你。”

“那你来干什么？”

“宦先生吩咐，南区的祖屋仍在，你们可以暂时搬去住。”

“祖屋，什么祖屋？”

“顾名思义，大抵是宦先生未发迹时最早置的房产。”

“我从来没听说过。”

“还有，他嘱我代垫你们的生活费。”

宦楣苦笑：“别骗我，父亲已经山穷水尽，自顾不暇。”

聂上游沉默：“那么，当我私人资助你。”

“长贫难顾，你会后悔。”

“如果可以结婚的话，男方就无从反悔。”

他曾经多次提及婚事，没有一次比今次更加认真。

“不，”宦楣一口拒绝，“你陷我父于不义，我们不再是朋友。”

“宦楣，你为何把责任推到我身上？”

“免得你误会我俩此刻门当户对。”

“你仍然在等邓宗平？”

“聂上游，看在老天的分上，现在是什么时候，你还拿这种琐事来烦我。”

他沉默了，过一会儿，公然自前门离去。

这个时候，刚刚凑巧，一辆计程车与小型货车的司机在路口起冲突争吵相骂，惹人注目，一时没有谁注意宦宅大门。

宦太太闻声摸下来："是毛豆吗，是否毛豆回来了？"

宦楣别转面孔，心如刀割。

五号。

是宦家的人住在宦宅最后一个晚上。

一清早邓宗平就来照应。

宦氏母女留下一仓库无用的衣物，只提着两件行李。

宦太太并无留恋，宦楣硬着心肠，叫工人联络慈善机构来抬走杂物。

自由在一旁轻轻说："留着也许将来有用。"

宦楣笑一笑，祖屋根本无空间堆积这些身外物。

"自由，你同母亲先启程，我来做最后查看。"

宦太太坐在园子里静静向山下望，青草地多日未经修剪，已长出蒲公英来，花卉枯萎一半，处处落英。

正要动身，忽然间，一辆香蕉黄的敞篷车开上斜坡，喇叭按得震天响，车子停下，一个穿皮草的女子跳下来，走近她们。

宦楣一怔，来人是叶凯蒂。

她把车匙圈套在右手的无名指上，使劲地溜溜将它转动，一边点头说："宦太太你好，宦楣你好，长远勿见。"一边信步走上来。

宦楣开头不知道凯蒂为何来此，电光石火间明白了。凯蒂是来接收宦宅！

当然，冉镇宾已将这套房子转送给了她，或者至少允许她做它暂时的女主人。

凯蒂眯着眼睛看牢宦楣一直笑个不停。

宦楣避开那揶揄的目光。

凯蒂闲闲地说："讲好的啊，一切家私不准搬动。"然后对牢艾自由再说："你瞧，一切都是注定的，有你的，就是有你的，没你的，就是没你的。"

邓宗平在这个时候，踏前一步，把身子挡在宦家的女子面前。

他面孔自然发散一股威严，凯蒂退后一步，也不再转动车匙，那惹人心烦叮叮之声停止，宦楣松一口气。

"你……"凯蒂指一指宦楣，"走之前陪我巡一巡屋子，我得看看漏了什么没有。"

宦楣只觉一边面孔既麻且红，强自镇定，对自由说："你们先走，我稍后即来。"

只见宦太太瞪着叶凯蒂，脸色煞白。

宦楣见母亲有反应，反而安心，自从大势去后，宦太太状若木偶，今天这样激动，表示体内仍有生机。

自由镇静地扶着宦太太上车。

宦楣伸一伸手："请。"

凯蒂故意提高声音："其实这一幢房子，风水差到极点，克不住还真的不要住。"

邓宗平忽然开口："叶小姐，我相信你一定克尽天下苍生。"

连宦楣听了这个话都一怔，不由得把手伸进邓宗平的臂里。

叶凯蒂白他一眼，没趣地推开大门进内视察。

宦楣低声同宗平说："谢谢你。"

"切勿挂齿。"

宦楣愁肠百结。

邓宗平说："镇定一点，以业主的姿态带她看房子。"

宦楣抬起头："有你支持，我做得到。"她摸一摸发烫的面孔。

与邓宗平之间的关系，松点紧点，紧点松点，宦楣很明白，他与她，永远不会结合，但是，也不致断绝邦交，除非他另外有人，那位女士，无论是谁，无论有多大度量，必会要求他与宦楣中止关系。

只听得叶凯蒂一边巡一边批评，把宦宅贬得一文不值。

凯蒂有心挑衅而来，心理状况可以了解，在宦府所受的积郁，她打算在今日宣泄，经过今日，她与宦家每一个人就扯平了。

推开宦晖的房门，连叶凯蒂都感慨了，房里的布置与他离开的时候一模一样，鲜红色毛巾浴衣搭在安乐椅上，各式领带散落一旁。

叶凯蒂喃喃说："这间房，好似有一阵霉味。"

宦楣看宗平一眼，不出声。

宗平说："今天下午，有人会来把一切杂物搬走。"

凯蒂抬起头："不，让它维持原状好了。"

宦楣诧异，凯蒂仍然爱宦晖！不不，难以置信，或许她发过誓，一定要进宦家来住个痛快，不管怎么样，都要偿一偿心愿，所以坚持宦府维持原状，满足她心头的那团火。

凯蒂真是厉害，她终于达到了目的。

走到这里，凯蒂忽然兴致索然，武耀过了威也扬过，宦楣一点表示都没有，得不到热烈的反应，戏如何演得下去？为这件事凯蒂兴奋得通宵不寐，没想到事情没有想象中一半好玩。

凯蒂说：“我想喝一杯茶。”

宦楣答：“没有人服侍你，厨房或许还有茶叶，你自己动手吧。”

凯蒂狐疑地问：“眉豆，你并不悲戚，为什么？”

宦楣淡淡地答：“因为我从不满足不相干的人。”

凯蒂追问：“实际上你是伤心的，是不是？”

宦楣环顾左右而言他：“恭喜你，凯蒂，我把房子交给你了。”

她偕邓宗平走下楼去。

凯蒂提高声音叫：“喂，还有后园，还有泳池……”

宦楣在楼梯底往上看，对凯蒂说：“你讲得对，这间房子相当凶，好生住。”

宦楣登上邓宗平的车离去，一路上她没有回头望，像是怕变成盐柱。

过了很久宦楣才说：“我毕竟说得太多了。”

邓宗平腾出一只手来拍拍她的肩膀：“没问题，你表现极佳。”

“谢谢你的掌声。”

“有没有宦晖的消息？”

“没有。”

“眉豆，不要瞒我，不要同违法者合谋，不要向他们妥协，不要畏惧他们的恶势力。”

宦楣看向窗外：“你太多心了。”

“别忘记我也有线人！我也有消息来源。”

“我真的不知道宦晖行踪。”

“有人在一艘挂巴拿马旗的货轮上见到他。”

宦楣一震：“他好吗？”连忙拉住宗平的手臂，“他要到什么地方去？”

邓宗平到这个时候，才相信他比宦楣知道得更多。

“我的父亲呢，你有没有他的消息？”

“他已决定在一个用中文的国家定居，他很安全。”

宦楣紧闭双眼，叹一口气。

“宗平，说下去呀，我想知道更多。”

“宦晖最终目的地可能是纽约。”

“我们有一间公寓在……”

“对不起，早已转户，并且该址受到密切监视。”

宦楣颓然用手掩面：“天呀。”她沮丧无比，“天下虽大，无容身之处。”

“并不见得，你的朋友会关照他。”

宦楣知道他指聂上游。

“眉豆，有种人天生是社会的渣滓，专门伺机诱惑彷徨的人堕落。

宦楣惨笑：“我知道，你骂的是我。”

“眉豆，你要疏远这种人。”

“你口气听上去似牧师。”

“他能给你什么？”

宦楣喃喃说：“香槟与巧克力饼干，以及我父兄的消息。”

“什么？”

“我们到了。”宦楣抬起头来。

邓宗平打开宦楣的手袋，放了一样东西进去。

宦楣轻轻道：“多谢馈赠。”

邓宗平没有回答，不知怎的，他双目有点湿润。

他一直由衷盼望，小眉豆会脱离童话世界成长，做一个与他并肩作战的伴侣。他时常说，眉豆的二十岁等于人家的十二岁，他不能奉献终身来哄一个小女孩子。今日，眉豆处处表现成熟，他却觉得心如刀割，又希望她可以回到乐园中，好吧，就背她一辈子又如何。

“宗平，你不是想哭吧，我从来没有见过你哭。”

邓宗平微笑道：“我曾多次为你流泪，只是你不知道。”

宦楣发了一阵呆，转头回家。

他们的祖屋才真的有一阵怪味，幸亏地方倒还宽敞。

多年没有人居住，家具全用白布遮盖，揭开布层，灰尘扬起，自由与宦楣同时齐齐打喷嚏。

桌椅全是二十世纪五十年代的趣致式样：沙发长着四只脚，茶几似一只流线型的腰子，两女若不是愁苦到极点，真会笑出声来。

宦太太坐着不动，陷入沉思当中。

思维似沙漏中的沙，自一个细小的孔道缓缓钻进过往的岁月。

女佣匆匆安置好一些必需的杂物，便忙着做饭。

自由忽然与宦楣说：“你忘了带望远镜……”

宦楣叫自由看她母亲。

宦楣悄悄地说：“我家大概是在这里发迹的。”

房子的油灰剥落，有一两扇窗户关不牢，用尼龙绳绑着，长长的走马露台别有风味，宦楣与自由如双妹[1]似的往街上看，榕树须底像是随时会有小贩掷上飞机榄来。

宦楣长长吁出一口气。

这幢楼宇居然尚未拆卸，真是奇迹，如今成为歇脚处。

宦楣同自由说：“我恐怕得找一份工作做。”

自由低声答：“宦晖派人来接我了。”

“什么？”

---

[1] 双妹：诞生于1898年的上海品牌，商标为两位并肩的女子。

“我真想留下来与你合力照顾伯母。”

“你去纽约？”

自由没有回答，只是看着远方。

宦楣的心一酸，她知道这个小女孩子之懂事坚强，胜她十倍。

才欲追问，她们有客人，许绮年来访。

一进门许绮年便说：“我已经叫了人来装电话。”亲厚一如往日。

她又说：“眉豆，有人送这包东西给我，指明转交予你，好重一块，不知是什么。”

宦楣伸手接过，是一只大型牛皮纸信封，于是问许绮年：“这包东西是送到你写字楼的？”

“不，舍下用人替我收的。”

宦楣觉得包里有蹊跷，一时没有拆开，拿在手中看，牛皮纸信封上写着端正的中文字：许绮年女士转交宦楣女士，一角注着“要件”两字。

宦楣拆开来，纸包内是一部寰宇通手提电话。

许绮年愕然，宦楣也一怔，完全不明白葫芦里卖的是什么药，只得把电话机先搁在一旁。

许绮年捧着茶喝了一口：“地方很静很好，你们乐得在这里隐居静养。”她停了一停，“将来宦先生回来，也不要再……”忽然发觉语句不妥，骤然噤声。

宦楣轻轻说：“古来征战几人回。”

许绮年强笑：“不会用这些诗词歌赋就不要学人用。”

宦楣悲从中来：“许小姐，你对了，我真的什么都不会，一无是处。”

许绮年握紧她的手：“你会的不是实用科目而已。”

宦楣苦笑连连。

“要不要做我的伙伴？我打算招兵买马，我认为你是个人才。”

“你开玩笑。”

“眉豆，你知道我从来不拿工作说笑。”

“但放完假你是冉镇宾的手下了。”

“眉豆，这些都是个人恩怨，同职业无关，坦白讲，连我一个月都见不到冉翁一次。”

“我不能这样撇脱。”

“好，好，我明白，我们再想办法。”许绮年扬手安抚宦楣，“我介绍你去别的岗位，只是没有我在你身边，你可能辛苦点。”

“我不怕。”

“好得不得了。”

宦楣蹲到母亲身边：“妈妈，许小姐要替我找工作呢，我快要加入上班族了。”

宦太太只是“呵”的一声，并无下文。

许绮年有点担心。

宦楣已经看惯，解释道：“她精神不好。”

许绮年告辞：“明天我起程去度假，要找我的话，请打这个电话。”

宦楣一直送她到楼下。

以前，宦楣只是不讨厌许绮年，有时还觉得她太会做人，不知真假，难探虚实，经过这一次，宦楣才知道许绮年胸前有一个忠字，真是个热情念旧的好人。

宦楣说：“祝你旅途愉快，莫忘制造艳遇。”

许绮年笑了。

那天晚上，宦楣躺在陌生的床上，眼睛看着天花板发呆，她似乎不必担心能不能适应新生活，生活已经找上门来，她只要打开大门，便会听见它对她说：“逼迫！”

就在这个时候，耳边传来一阵呜呜声。

宦楣并不在意，自由在她房门口出现。

“是那部手提电话响。”

宦楣心头灵光一闪，连忙跳起来，奔到客厅，把那部电话抢在手中，一时不知按哪一个键，急得手足无措，那边厢自由伸手过来，轻轻一按。

她俩立刻听到了宦晖的声音：“眉豆，眉豆。”

宦楣一时忍不住，泪如泉涌。

“自由，自由。”

自由取过电话：“是，是，好，听明白了，没有问题，我会照做，要不要我带什么？好，我都懂得。”她转过头来，同宦楣说：“他要跟你说几句。”

宦楣问：“身体好吗，有无父亲的消息？”

问了只觉多余，他自身难保，焉有余暇兼顾别人。

“眉豆，镇定一点，父亲进了医院。”

宦楣几乎想尖叫泄愤，正当她认为事情不可以更坏的时候，它转为漆黑。

“有极好的大夫看着他，情况稳定。”

“是什么病？”

“心脏病。”

“父亲从来没有心脏病。”那是从前，可见现在一切都不同了。

宦晖沉默一会儿：“母亲怎么样？”

“你要不要跟她说话？”

“不要刺激她，你们搬家没有？”

“今天才搬好。”

“眉豆，我不便多说，请你照顾母亲。”

“你几时再与我们联络？”

“我不知道。”

电话就此中止。

宦楣伤心莫名，走到露台，仰头狂叫。

自由跟出来：“别把伯母吵醒。”

电话又响，这次是聂上游，宦楣并不意外。

“要不要喝杯茶谈谈？”他问。

“我怎么见你？”

“十分钟后有车在楼下接。”

宦楣看着自由：“你今晚走？”

自由低头答：“又被你猜到。”

“这样浅易的调虎离山计，谁会看不出来。”

“我会想念你的。”

“好好看着宦晖。”

自由点点头。

“我要下去分散他们的注意力。”她取过外套出门。

车子的司机并不是聂上游，这也在宦楣意料之中，她不闻不问，闭目假寐，车子在市区中只绕了半小时，就抵达目的地。

宦楣下车前问司机：“甩掉他们了？”

司机愉快地答：“十分钟前已经甩掉。”

宦楣点点头。

“宦小姐，十六楼，请你自己上去。”

“谢谢你。”

聂上游在等她。

她向他表示感激，不做特别安排，她听不到宦晖的声音。

“你也搬了家？”

聂上游答：“住腻了郊外。”

“你们会不会保证宦晖安全？”

聂君摇摇头：“我们只负责出入口。”

宦楣悲怆地笑。

“我们像是生疏了。”

“我却觉得自己仿佛再世为人，并且已失去前生的记忆。”

“你可愿意从头开始？”

宦楣抬起头来：“从哪一方面说？”

“与我一起走，眉豆，到任何一座你喜欢的城市长住，我们会得到快乐。”

宦楣微笑：“带着我可怜的母亲？”

“这不过是细节问题，必定可以解决。”

“我不想跟一个做出入口生意的男人。”

“我不知道你对生意没有兴趣，听说你对父兄的本行全无认识。”

“眼不见为净，不知者不罪，可惜你让我知道了。”

“这是邓宗平灌输你的正义感吧？”

“你不用提他的名字。”

“我看不起那个自以为是的人。”

“他也不喜欢你，你俩扯平了。”

“眉豆，你考虑一下，让我照顾你，你会幸福。”

“上游，你们都没有想到，也许这也是我照顾自己的时候了。”

“你这个倔强的女子。”

“这点，你与邓宗平的意见相仿。”

“是吗，余不敢苟同，照我看他从来没有爱过你。”

宦楣低下头：“我不再关心这些问题，上游，我想见一见家父，他病了。”

聂上游没有回答。

过一会儿他说：“你总是出难题给我。”

真的，除了求他，宦楣没有办法，这件事上，邓宗平帮不了忙。她低下头：“我十分疲倦，请送我回去。”

车子就在楼下。

到达祖屋，宜楣用锁匙启门，她听得母亲问：“毛豆，可是你回来了？”

“是我。”

“三更半夜，你同自由到什么地方去？”

宜楣走到自由的房间一看，灯还亮着，人去楼空。

她转头说：“宜晖已把自由接走，她不回来了。”

宜太太像是很明白的样子，隔一会儿说：“你呢？”

“我！”宜楣茫然反问。

“这儿没有你的事，你也应该为自己打算，犯不着守在家中。”

宜楣不语。

“你看小蓉到处有的去。”

“小蓉比我勇敢。”

“照样出去吃喝玩乐好了，我有人陪，我有事做，不怕的。”

宜楣只是干笑。

“是不是因为我？宜楣，我不想成为你的包袱。”

“一时间你叫我到哪里去？”

宦太太凝视女儿半晌：“什么地方有快乐就去什么地方。”

宦楣推母亲进房：“还没天亮，还有一觉好睡。”

风满楼

柒·

旅程像是永远不会结束似的，
飞机不停地向前飞去，
似欲奔向新发现的银河系。

这一觉睡醒，屋里就只剩她们母女两人了。

天蒙蒙亮的时候，宧楣只觉得左胸上如针刺般痛，猛然自梦中惊醒，脱声叫：“父亲！”

她跳下床往房门走去，一头撞在墙上，咚的一声，额角上连油皮都脱去，痛得她落泪，原来她还记着大宅里房门的方位。

梦里不知身是客。

不知要隔多久才会习惯。

宧楣用力揉着额角，人倒是痛醒了。

邓宗平与她母亲在客厅谈话。现在她私人活动面积骤减，一推门出去，就可以听到客人的声音。

邓宗平说：“……不会的，伯母。”

“我决定陪伴宦先生，他在哪里我就去哪里，这样，眉豆就自由了。”

宦楣听了母亲的话，不知怎的，背脊凉飕飕，只觉不安。

宗平一抬头，看见宦楣，连忙站起来。

宦太太说：“你们慢慢谈，我出去一会儿。”

“母亲，你去哪儿？”

“我出去打探打探。”

宦楣见有女佣陪着，只得任由母亲出门。

她转过身来：“客席或房间，只有两个地方任择。”

“那多好，终于同每一户人家一样了。”

宗平声音里虽然没有幸灾乐祸的味道，宦楣听了，一样觉得难堪。

“据我所知，艾小姐已经出去了。”

“你知道得真不少。”

“有人已经掌握线索，你有没有发觉，自今日起，门外已经撤销监视。”

“宗平，你从来不肯给我一点点好消息。”

“眉豆，事实如此。”

“你太没有人情味。”

邓宗平侧起耳朵：“你房内的电话在响。”

宦楣霍地站起，奔到房内去听，一颗心几乎自喉咙里跳出来。

聂上游的声音：“你现在马上出门，乘车到山顶缆车总站等我。”

宦楣取过外套，对邓宗平说：“请送我到山顶去。”

宗平看着她不动。

“宗平。”

“伯母说得对，他们利用你这个弱点，指使你像一只没头苍蝇似的乱扑，根本不予你机会适应新生活，眉豆，如果你听我的话，坐下来，以不变应万变。

宦楣叹一口气，拉开门下楼去叫车。

宗平却又在她身后追上来。

两人到达山顶的时候，大雾弥漫，视野不足两米。

宦楣焦急地奔向缆车站。

“眉豆。”

她猛然转身，只看见聂上游的上身，他双腿被雾遮盖。

“是什么消息？”她迎上去。

白雾被她推开，又在他俩四周合拢，整个山顶，仿佛只剩下两个人。

聂上游脸色凝重，他握住宦楣的手。

刚在这个时候，邓宗平拨开浓雾赶上来，低声喝道：“放开她。”

聂上游双目炯炯，瞪着他的敌人。

“你一手安排这个困境，”邓宗平指着他，“陷害宦兴波父子，牵着宦楣的鼻子走，居心何在！”

聂上游冷冷看着他。

邓宗平一生从未试过如此失态，他竟按捺不住，踏前一步，打脱聂君握着宦楣的手。

聂上游本能反击，反手推向邓宗平，使对方退后三步，然后顺手把宦楣拉至身后。

邓宗平叫出来：“眉豆，过来，不要受他威胁。”

宦楣忍无可忍：“两位先生，请给我一点面子。”

雾大湿重，三个人的脸面上已经凝着水珠。

宦楣说："请你俩稍加控制。"

邓宗平仍然指着聂上游："有话快说。"

聂君非常讽刺地说："邓先生，这里不是三号皇庭[1]。"

邓君自有他的答复："我迟早将你这种人绳之以法。"

"够了够了。"宦楣恳求，"到底是什么消息？"

聂上游看着她："你愿意让他知道？"

"是。"

"好，眉豆，请你节哀顺变，宦兴波先生已于三小时前病逝异乡。"

连邓宗平都呆了。

宦楣胸口中央犹如挨了重击，退后一步，脚步虚浮。

聂上游扶着她，低头无言。

宦兴波最后一句话是"我罪不至此"，聂君不敢告诉宦楣。

过了半晌，宦楣像是缓过气来，轻轻问道："他有没有

[1] 皇庭：粤语，即法庭。

痛苦？”

“没有，弥留时间很短。”

“有没有要求见他的亲人？”

聂上游摇头。

宦楣抬起头，非常困惑：“但是父亲一向最爱我们。”

聂上游不能回答这个问题。

宦楣仍然用很细小的声音说：“我想回家，我觉得冷。”

邓宗平恢复镇定：“我送你走。”

宦楣像没有听见，又问聂上游：“他真因病过身，抑或有其他原委？”

邓宗平冷冷地说：“我肯定如果宦先生留在本市的话，他会仍然健存。”

聂上游脸上浮起一层黑气。

邓宗平自喉底哼出来：“请记住自古邪不胜正，眉豆，我们走。”

眉豆忽然甩开他的手。

“你们走，我要在这里多留一会儿。”

她走向雾里，冉冉消失在白雾中。

宦楣忽然间清醒了，到今天她才肯承认，一切都是事实，这不是一个噩梦，她不会醒来，她要活下去。

真没想到没有与父亲话别的机会，原本以为他会为女儿主持婚礼，还有，再为女儿的女儿主持婚礼，最后在女儿的女儿的女儿陪伴下寿终正寝。

有些人的生命剧本犹如一部写坏了的小说，上半部开始得轰轰烈烈，引人入胜，满以为不知有多少丰富奇趣的情节要跟着出场，但没有，到后来，销声匿迹，呜咽一声，就告结束。

宦楣靠在水门汀栏杆上，想到父亲，神色温柔而凄怆。

她不记得他有什么特别嗜好，他唯一的兴趣就是做生意，他不算懂得享受，对生活要求也并不高。成功的时候，他会有极短一刻的踌躇满志，最多三两个小时以后，他又再去为下一个计划努力。

很难说他快乐抑或不快乐，更加难说他满足抑或不满足。

宦楣在山上站了大半个小时，沾湿了衣襟，才回头往原路出去。

有人叫住她："小姐，要车？"

是聂上游。

邓宗平的工作忙，想必已经赶下山去办案。

宦楣坐聂君的车子下去。

她与他商量整个下午，决定了几件大事。

宦楣知道，聂君为她担着极大的关系，这一点非宗平可以了解。

三天后，她出门去把父亲的骨灰迎回来。

在飞机场接宦楣的是许绮年。许在外地读到报纸，震惊悲伤，不想继续旅程，于是结束假期，赶回来与宦楣会合。

许绮年失声痛哭。

偕宦楣回到家中，她已经双目红肿。

宦太太迎出来，神色并不见得特别悲切。

许绮年起了疑心，问宦楣："你是怎么对母亲说的？"

宦楣不出声。

宦太太对许绮年说："眉豆要找工作呢，至要紧岗位上有可靠的年轻人，你说是不是？"

许绮年瞪着宦太太，忽然看出端倪来，她霍地转过身子，惊问宦楣："宦太太这个情形有多久了？"

宦楣垂着双目，浓眉重重压着长睫，没有答复。

"眉豆，回答我。"许绮年的神情紧绷。

宦楣终于低声说："医生讲，这是她保护自己的一种方式，她不想知道，不想看见，心里面就干净。"

许绮年一呆，跟着奔进宦楣的房间里，伏在一角，号啕大哭。

宦太太诧异地说："她怎么了？"

"她心情不好过。"

"早点嫁人，什么毛病都没有。"宦太太下结论。

"只怕披上嫁衣事更多。"

宦太太叹一口气，摇摇头，回到房间去。

宦楣搭住许绮年的肩膀："不要难过，我母亲一切正常，只是对时间空间有点混淆，对最近家中发生的几件大事，她只有一个概念，有时记得，有时不，因此抵消绝大部分的痛苦。"宦楣停了一停，"难道，你不想像她？"

许绮年呜咽问："宦晖呢，他知道这一切没有？"

“我不晓得。”

“你劝他回来吧，接受事实，总有一天可以重新做人，逃亡在外，生生世世不得安乐。”

“我不知道他在何方。”

“眉豆，我小觑了你。”

“有一件事情，真是当务之急。”

许绮年擦干眼泪：“是，我知道。”她打开公事包，取出几份资料。

都是市面上适合宦楣做的工作。

许绮年将每一份职业的优势劣势都向她分析清楚；薪酬、前途以及可预见的人事困难等，皆毫无保留地讲个一清二楚。

一小时后宦楣感动地按住她的手：“你原不必对我这么好。”

许绮年苦笑，喝一口水，说道：“眉豆，我也难得碰到尊重我愿意接受我意见的人，往日我一腔热血待人，人只当我别有意图，狼心狗肺。曾劝人移民，人以为我拖他落水，又劝人与那无良之人分手，人又怀疑我妒忌，三下五除二，与我疏远，与我反目。眉豆，你看我是古道热肠，人看我是多管闲事，一念之差，天渊之别，我俩有缘分，你肯听，我怕什么讲。”

宜楣怔怔地看着她。

许绮年说：“你若不嫌弃，就认我做一个老姐姐吧。”

宜楣站起来拥抱她。

出乎意料，宜楣最终挑选的，是电台的一份记者工作，薪水最低不在话下，且有可能苦不堪言。

许绮年即时了解到该份职业的性质有补偿作用，过往宜楣的世界与普罗大众完全脱节，此刻一有机会，她想与社会有比较深刻的接触。

许绮年佩服这个选择。

经过中间介绍人，宜楣得到该份工作。

许绮年的忠告是“即使是支一百元月薪，也是一个责任，亦有人事倾轧，必然有得有失”。

第一天上班是一个倾盆大雨的日子。

邓宗平来接她。

他不相信她真的要上班。

以前他幻想过这种生活：小两口子一起上班下班，约好在小馆子吃顿饭看场戏，每一天都过得朴素平凡温馨，一下子就白头偕老。

雨刷大力地划动，雨水似倒下来一样，雷声隆隆。

这表示什么，宦楣想，雨过后天会晴，抑或风雨刚刚开始？

车子似驶过瀑布，雨点打在车顶上嗒嗒作响。

“……总部要调他返美国。”

宦楣心不在焉：“谁？”

“你的朋友聂君。”

宦楣的心一沉，聂上游受调是意料中事，他与顾客太过接近，惹人注目，对整个组织有害无益。

“他几时走？”

邓宗平诧异：“他没有与你说？你们不是常常见面？”

宦楣噤声。

她会想念他。

“你终于有机会可以摆脱他了。”

宦楣没有搭腔。

“抑或，你会觉得遗憾？”

宦楣微笑：“宗平，你几时变得这样酸溜溜？”

宗平大大地不好意思，一直驶到电视台门口，再也没有说话。

他祝宦楣开工顺利。

来接宦楣下班的，却是聂上游。

他问她第一天如何。

宦楣说她希望喝一杯酒。

坐在英式酒吧里，宦楣连喝三杯。

聂上游笑问：“那么坏，啊？”

宦楣问：“你可是要离开我了？”

他一怔：“谁告诉你的？”

宦楣不答，转身叫侍者给她第四杯干马天尼。

“我猜一定是邓宗平，他给我的麻烦多得足够让我叫人打断他的狗腿而不觉内疚。”

“我倒希望这是为着我的缘故。”宦楣微笑。

“若不是为着你的缘故，他已经躺在医院里。”

宦楣一怔：“为何这样宽宏大量？”

聂上游怒气上升，额上青筋凸现："他一直以为挤走我，就可以得到你。"

宦楣连忙说："宗平从来不是这样的人，他若是这样注重儿女私情，我们早就可以结婚。"

"彼时他与你在一起，就显不出他的伟大。"

宦楣仍然微笑："你真的认为我条件差得要伟人才能包涵？"

聂君马上道歉："对不起。"

宦楣吁出一口气："没有我的话，你们也许会成为好朋友。"

"永不！"

"永不说永不。"

"眉豆，我要你随我到纽约。"

"不行，我刚开始工作。"

"去看宦晖。"

宦楣心中最柔嫩的一角被聂君抓住，她沉默。

"我不会再回来，这是我离开本地最后为你做的一件事。"

宦楣眼睛看着酒杯："你不能辞职？"

“一个人总要维持生计。”

“另外找一份工作。”

他温柔地握住宦楣的手：“说时容易做时难，我没有专业，没有文凭，没有人事。”

“你打算余生都干这种勾当？”

“做惯了，也同坐写字楼没有什么分别，不过是一份工作。”

宦楣低声说：“我不了解你，亦不了解宗平，唯一值得安慰的是，我开始了解自己。”

聂上游静默。

“说说你的计划。”

“一天去一天回，中间一天我安排你见宦晖。”

“会不会给他带来危险？”

“你们只可以在公众场所隔着一个距离见面，绝对不能面对面交谈。”

一说到公事，聂君的声音冷且硬，完全是另外一副面孔。

“你的意思是我只能见他一面。”

“你想怎么样？与他整天共游迪士尼乐园？”

宦楣温和地答：“你不必出言讽刺。”

“对不起。”聂君叹口气。

“母亲仍然问毛豆什么时候回来。”宦楣举起酒杯，一饮而尽。

“只能给你一个人去。”

“我会考虑。”

他不方便送她回去，她在门口叫了车。

宦楣累得浑身似挨过一场毒打，每个关节生痛，肌肉酸痛，倒在床上便睡。

一夜无语。

转眼又是一天，又是一天，又是一天，又是一天。

新闻部诸色人等都知道有这么一个新同事，开头几天，也有好奇好事之徒，特地走来一睹庐山真面目，只看见一个异常瘦削五官清秀的女孩子在埋头撰稿，衣着打扮都与其他记者没有两样。

但是他们都知道她背上有着一个传奇。

这样窄的香肩，受得住吗？

男同事特别感兴趣。

女同事却道："传说中她是一个最最风流的人物，闻名不如目见，身边少了衬托她身份的华厦名车锦衣，也不过像我们这般是个普通女子。"

宦楣视而不见，听而不闻。

一天下午，信差送来一个信封。

她拆开一看，是两张纽约的来回飞机票，当中只停留一天，周五下午去，周日深夜返回。

宦楣即时明白是谁送来的东西。

下班她与许绮年见面。

是她先问许小姐："生活如何？"

许绮年答："大同小异，时常替叶凯蒂小姐订飞机票订台子。"

呵，是，老好叶凯蒂，永远的叶凯蒂，一个女人到了这种地步，怕已经成精，百毒不侵。

"你呢？"许绮年反问，"你可喜欢新工作？"

宦楣点点头："很好。"

"老赵对你还不错吧，他若亏待了你，我拧掉他的头。"

宦楣失笑。老赵是她的顶头上司。

“宦太太有没有进展？”

“难得糊涂。”宦楣不欲多说。

许绮年吁出一口气：“有一日，内心的她会决定走出来面对现实，那时，她会清醒。”

“医生说她可能决定终身封闭自己。”

“说实在的，心烦的时候谁不想躲起来。”

“她说你约她喝茶。”

“是，宦太太接着问我，宦先生下班没有？”

“你怎么答？”

“我只得说宦先生不在本地。”

“谢谢你，你答得很好，宦晖的确不在本地。”

许绮年苦笑。

“有空请来看看她。”

“我一定会，你知道我会。”

带着简单的行李进飞机场，宦楣满以为她会看见聂上游，她没有。

头等舱隔壁位子一直空着，飞机将在东京停一站。

宦楣不可避免地碰到熟人。

是冉镇宾，靠在他身边的仍然是叶凯蒂，他替她挽着化妆箱。

叶凯蒂见到宦楣，几乎没揉一揉双眼要看真一点：什么，搞到这种田地了，还乘头等舱，倒是神通广大。

忍不住，她挨过去，坐在宦楣身边。

宦楣苦笑，躲开她也是抬举她，只得敷衍数句。

叶凯蒂说："现在我们是同事了，你知道吗？"可不是，同一家电视台，"是公费出差？"

"不是。"

"哟，你大小姐派头不改呢。"

"不必担心，你没听说过，烂船还有三千钉。"

凯蒂语塞。她胖了，更显得容光焕发，唇红齿白。

说叶凯蒂没有脑筋，她却是个厉害角色，老谋深算；可是把她归为聪明人呢，又还差那么一大截，始终不得人欢喜尊重。讨厌的时候，她是天字第一号，可怜起来，又使人心生恻隐，叶凯蒂是个奇人。

冉镇宾见到了宦楣，向她点点头，宦楣只得颔首。

“我不在大房子住了。”叶凯蒂低声说。

宦楣闭上眼睛假寐，不去睬她。

“半夜三更，我听到书房有叹息声。”

宦楣一震。

“像是有异物。”叶凯蒂颇为紧张。

宦楣转过头去，眼皮一紧，落下泪来。

“吓得我第二天就搬走了。”

宦楣心中暗暗祝祷：是你吗，父亲，是你吗？

这时，冉镇宾请侍应生叫凯蒂归座，宦楣脱了难。

叶凯蒂若不是十分寂寞，就不会借故过来攀谈。

飞机停在东京成田。

有人上座，宦楣正低着头，一眼瞄到身边男士纤长清洁的手指，便抬起头来。

聂上游对着她笑：“叫你久等了。”

宦楣毫不忌讳地轻轻把头靠在他肩膀上，松出一口气。

叶凯蒂在一边看得津津有味，还指手画脚叫冉镇宾留意。

老冉瞪她一眼，她才噤了声。

宦楣假装没看见。

聂上游低声说："瞧你，面孔肿胀。"

宦楣找不到借口解释，便推说："老了。"

聂上游笑，过一会儿道："我这一走，就是邓君的天下了。"

宦楣不出声，他们不明白，她懒得分辩。

"我带了一段新闻给你看。"他郑重地自公事包内取出一份剪报。

宦楣一听新闻两字，吓得耳边嗡一声，连忙把剪报抢过来读，只见头条写着：离地球一百二十亿光年，遥远星群被发现，较银河系大十倍，该项发现，令银河系形成的时代，提早约十亿年。

聂上游说："这个新发现的银河系，比地球所在的银河系大十倍。"

宦楣闷闷地把剪报还给他。

聂上游见她情绪如此低落，再也不去逗她，反正他也是强颜欢笑，明知缘分已尽，黯然销魂。

旅程像是永远不会结束似的，飞机不停地向前飞去，似欲奔向新发现的银河系。

宦楣一时间不知道她是为送聂上游抑或为见宦晖而走这一趟，压力太大，她双目中一点泪意始终不退。

偏偏这个时候，叶凯蒂为着好奇，特地走过来要看清楚聂上游的面孔，以便散播流言时更具权威性。

宦楣厌烦地转过面孔，凯蒂正探头过来，聂上游忽然发言："小姐，你再不回座，我就把整架飞机炸掉。"

凯蒂明白了。

他们都这样维护宦楣，开头迷上她的娇纵活泼，跟着沉醉在她的苍白憔悴之中，宦楣注定会得到他们的爱护。叶凯蒂落寞地回了座，不由自主，学着宦楣的样子，把头靠在老冉的肩上。

飞机终于抵达目的地。

宦楣先下去，故意不与聂上游一起。

她没有与任何人说再见，很简单，她不想再见任何人。

过了海关，宦楣一贯不带寄舱行李，一出闸口，便看见一个穿制服的司机举着她的名牌。

她随司机上车。

跟着进酒店办手续。

一小时后，接待部送便条上来：现代美术馆《荷花池》，四点三十分。

宦楣立刻出门，以为宦晖在等她。

美术馆就在酒店对面马路，她买了门券入内，走到那幅名画前面，只看到聂上游。

他笑说："我们不能继续这样见面，人们会开始疑心。"

宦楣低下头微笑。

"我们去吃点东西。"

他刚要拉她到食堂，忽然松开手，低声匆匆说："明晨十一点半洛克菲勒广场，找张台子喝咖啡。"然后撒手走远。

宦楣也习惯了，若无其事地在《荷花池》前坐下，与身边一位老太太一起静寂地欣赏这幅印象派名画。

她坐了很久，肯定聂君已经远去，才独自到礼品店选购若干卡片以及小件工艺品，直逛到美术馆关门。

她叫了简单的食物到房间，只略动两口。

街上照例呜呜警车声不绝，凄清恐怖。

宦楣躺在床上，发誓此刻她愿意嫁给第一个来敲酒店房门的男人。

她把闹钟取出，拨到九点钟。

睡是睡着了，整夜梦见自己迟到，极迟极迟，迟得不像话，迟得广场上所有的咖啡桌已经收起，改为溜冰场，她知道毛豆已走，放声痛哭。

惊醒时枕头的确潮湿。

她不敢睡去，估计只有十分钟路程，一直看着时间，挨到十一点十五分，有种感觉，是浑身肌肉僵硬，呼吸系统变得似生锈铁管，紧张得晕眩。

她慢慢下楼，没发觉有人跟踪。

一直朝目的地走去，途中还停下来向小贩买个热狗吃，嘱他多放些芥辣。

走到洛克菲勒广场，金色的普罗米修斯像手中掬着一团火，宦楣的心也似受煎熬。

接近吃午饭的时间，广场的人渐渐变多，宦楣站了半晌，已经过了十一点三十分，每张桌子上都有人，宦楣细细地用目光寻遍，没有宦晖。

她开始急。

侍者带她入座，她叫了一杯咖啡坐下。

一位女游客背着照相机走过她身边，撞一下，连忙说“对不起”，跟着一句是“看你对面”，宧楣猛然抬起头，看到宧晖同自由站在喷泉边的栏杆前，正向她凝视。

宧晖反而胖了，有点肿的感觉，他似笑非笑，向妹妹轻轻挥手。

宧楣再也无法控制，不顾一切地站起来，要向哥哥走过去。

才迈开第一步，已经有人与她迎面相撞，原来是个冒失的侍者，手中捧的饮料摔得一地都是。

宧楣冷静下来，这一切当然不是偶然的，待她再抬起头来，宧晖及自由已经走开，前后不过数十秒钟。

她付了账，离开拥挤的广场，钻进附近的百货公司。

刚才的一幕不住重播，直到宧楣筋疲力尽。

现在，至少她知道宧晖安然无恙。

宧楣再也没有收到任何电话、便条、讯息。过一日，她回到家里。

第二天早上，她紧接着上班，上司老赵看她一眼：“你没有事吧，面色像个病人。”

宦楣正懊出血来，她根本没有时间与聂上游话别，就这样风劲水急，一句话都没有，分了手。

不管有没有机会重逢，宦楣本来都想告诉他，她永远不会忘记他。

一时又想，这样也好，一句多余的话都没有，就像战时情侣，今日在一起，明日拆散，生死难卜。

等到再见面的时候，也许数十年已经过去，尘满面，鬓如霜，面对面可能也不再认识对方。

邓宗平终于找到宦楣，听到她在电话中一声喂，立刻说："我马上过来。"如释重负。

他以为她不顾一切抛下母亲及工作随那登徒子私奔流亡，整个周末紧张得食不下咽。

问她家用人，一味说小姐不在家，问许绮年，又不得要领，邓宗平急得如热锅上的蚂蚁，抱着电话机打遍全世界找宦楣。

白天每隔半小时致电宦宅，到今晨才知道她上了班。

放下电话，他几乎没流下泪来。

不管三七二十一，嘱咐秘书该日不再与任何人接头，便直奔电视台。

他到的时候，宦楣正在忙，他二话不说，自己招呼自己，端过张椅子，坐在她对面，看她做工。

新闻室里人来人往，大家都认识律师公会会长邓宗平，见他逗留一段那么久的时间，满以为他来交代什么大新闻。

老赵平白兴奋起来，问宦楣："是怎么一回事？会不会有内幕消息？问问他，明天李某上堂，廉政公署是否会加控其他罪名？"

宦楣只得说："他只是来请我吃中午饭而已。"

老赵一怔，只得说："我的天，要这样苦候才能获得一饭之恩？难怪许绮年不肯同我出去。"

宦楣如在黑暗中看到一丝曙光，不禁露出一丝难见的笑容："你想同许小姐共餐？老总，包在我身上。"

老赵满面红光："这话可是你说的。"

"绝不食言。"

老赵被同事找了去做更重要的事，宦楣回到岗位上，轻轻跟邓宗平说："如果你不想我尴尬，请先到外边等等，这里每个人都认识你是个风头人物。"

宗平若无其事地说：“时间也差不多了，何用请我避席。”

“我不会失踪的，宗平。”

“是吗？在你戴上刻我名字的戒指之前，我不会这样想。”

“宗平，我有满桌公文待办。”

宗平温柔地看着她：“现在你也明白什么叫工作了。”

宦楣叹口气：“好，请出去谈，两点整我非回来不可。”

她瘦得如一只衣架子，长袖晃动，胳臂极细极小。

刚巧坐她身边的一位女同事是大块头，肉乎乎，转身的时候，宗平看到胖女士的后颈脂肪层层堆积涌起，一如肥佬，如此对比，更显得心惊肉跳。

一个人，如何会衣带渐宽，不足为外人道，如何竟囤积了一身肉，更不足为外人道。

走到街上，宗平说：“周末你很忙啊。”

“我去看宦晖。”

“他回来了？”邓宗平大吃一惊。

“不是，他没有。”

“你到纽约去了？”

“仿佛每个人都知道他在那里。”

“那人竟然指引你做那样危险的勾当！”

宦楣顾左右而言他：“你可认识我老板赵某？看样子他打算追求许绮年，是本年度唯一好消息。”

宗平恻然，表面上宦楣还要装得这样平静无事，而且演技逼真动人，若非双眼中的红丝出卖她，谁会猜到她内心凄苦彷徨。

“你准备好没有，我们随时可以结婚。”

“宗平你最奇突的习惯便是义气，记得吗，当年为着一件警察殴打小贩案……结果打人的原来是小贩，一场误会。”

宗平也一语双关地回答她：“彼时我年轻，现在我完全知道自己做的是什么。”

宦楣回答：“再过几年，你就会觉得此刻的你才幼稚不堪呢。”

“不会的，到了一个年纪，人会停止生长。”

宦楣只得笑：“我要走了。”

“慢着。”

宦楣抬起头来。

邓宗平有千言万语，却不知如何开口，他看着宦楣黄黄的小面孔，想到与这个女孩子相识十载，每次都差那么一点点，最后还是有缘无分，不禁黯然销魂。

他终于说：“多吃一点，你太瘦了。”

宦楣当然知道他要说的不是这个，欲语还休，索性取过手袋回公司去。

过两日，许绮年到宦家来吃饭，闲谈时说：“你学做月老替老赵拉线？自己身边有人倒看不到，别错失良机才好。”

宦楣知道她指邓宗平。

“大家自小一起长大，性情脾气都有一定了解，难得的是，分别这些年，他身边无人，你也一样。"

宦楣夹一箸菜给她：“多吃饭，少说话。”

“是因为自尊心作祟？”

“哪里还敢讲这个，我早已脱胎换骨，再世为人。”

“我不明白。”

宦楣亦没有解释。

宦太太过来问：“你们在谈什么，津津有味的？”

许绮年连忙站起身：“当然是讲男人。”

宦太太说："毛豆外游那么久，也该回来了，你们怎么不跟他去说一声？"

宦楣与许绮年面面相觑。

天气回暖，宦楣记得很清楚，去年这个时候，她与兄弟，甫自外国返来，彼时宦家，真正车如流水马如龙，花月正春风。

只有十二个月？

一浪接一浪，不知发生几许事，此刻宦宅家散人亡，昔日繁华烟消云散。

原来才短短十二个月。

下班，她约了小蓉见面，在电视台门口等计程车，一辆白色小房车渐渐接近，停在她跟前，司机将车门打开，宦楣连忙退开一步，以为身后有人要上车。

司机是个年轻人，探出头来，看牢宦楣："宦小姐，我有宦晖的消息。"

宦楣的身手比以前不知灵活多少，立即跳上车去，关上门。

司机一边驾驶一边打量她。

宦楣出乎意料地镇静，身经百战，已经没有什么可以刺激她失常。

“小聂叫我来告诉你，宦晖考虑回来自首。”

宦楣听到这个消息，反而如释重负，低头不语，一时间百般滋味涌上心头。

车子往郊外驶去，宦楣看着窗外风景，过一会儿问：“几时？”

“快了。”

“谢谢你来通报。”

“还有，小聂让我问候你。”

“他好吗？”

“好得很，只是魂不附体。”年轻人又看宦楣一眼，“相信三魂七魄已被一个叫妹头的女子收去，每次同他喝上两杯，总听到他喃喃叫‘妹头妹头’。”

宦楣又转过头去，看着窗外。

年轻人十分活泼，问道：“宦小姐，妹头是你的乳名吧？”

宦楣淡淡地答：“不，我恐怕你弄错了。”她没有撒谎，确实是他听错，她不叫妹头。

年轻人有点意外。

宦楣见他性格开朗，谅他不会介意，于是问："你是翼轸的接班人？"

"翼轸？早已结束，我在君达公司上班。"他笑。

"君达？也是一家出入口行吧？"

"可以这么说。"

过一刻宦楣问："生意好不好？"

"尚可。"

宦楣再也想不出什么适当的言语。

倒是年轻人，同她熟络得不得了，又说："小聂这次调回总部，要接受处分，你是知道的吧？"

宦楣点点头。

"他对你关注过度，引起上头不满，现在停薪留职，赋闲在家。"

听年轻人说，他们这一行工作，也根本同其他一般性行业毫无分别，是的，也许通通是一份生计，做惯做熟，与做公务员完全没有两样。

"因为这个缘故，总部才擢升我。"

宦楣看他一眼。

年轻人忽然说："我不是个人才，我说话太多。"

宦楣忍不住笑出来。

车子停下来，年轻人说："我恐怕要在这里放你下来。"

宦楣再一次向他道谢。

一转头，小小白车已在车龙中消失。

宦晖要回来了。宦楣不能十分肯定这是好消息抑或坏消息。

站在街上呆半晌，才猛地想起，小蓉一定久候了。

物以类聚，也只有梁小蓉与她境况相仿，可以互相交换意见。

但是小蓉这一天心情出乎意料地好，宦楣实在不忍扫她的兴，刻意一字不提家事。

小蓉遇到新的对象，据说，对方并不介意梁家过去，小蓉因而喜滋滋。宦楣十分不敢苟同，她最最介意他人不介意她的往事，若真不介意，就不会说不介意，分明是心中介意，口中不介意，如此介意，还偏要悲天悯人，表示不介意，宦楣绝不接受这种嗟来之食，宁可饿死。

任何往事错事恨事，都已成为她生命的一部分，洗之不褪，丢之不去，落地生根，恐怕要待死那一日才能一笔勾销。有生一日，她必须承担过去一切错误，已经痛苦纷扰，宦楣一点也不希冀谁来原谅她，谁同她说，他不介意，她只相信耶稣一个人会爱罪人。

她此刻只有一个要求：安安乐乐地做一个罪人。

她不要邓宗平来了解她。

到家一开门宦太太自露台转过身子来：“眉豆，看是谁回来了？”

宦楣吓一跳，宦太太身后站着艾自由。

宦楣先是觉得恍若隔世，随后连忙把自由拉到一旁：“你怎么先回来了，宦晖呢，他去向如何？”

“眉豆，难为你了。”

“现在说这种话也不计分。”宦楣急问，“宦晖是不是要回来？”

自由点点头。

宦楣跌坐在椅子上。

“他那日在广场看见你之后，心如刀割，整家的担子要你负起，于心何忍，他决定回来，至少大家可以在一起。”

宦楣抚摸自由的脸：“你们有没有吃苦？”

“眉豆，你全然落了形，你才吃苦。”

“父亲他……”

“都知道了，宦晖不愿意再流亡在外。”

宦太太过来说：“自由说毛豆要回家，你们的父亲呢，为何不叫他一声？”

宦楣不敢搭腔。

艾自由本着一贯坦率，清清楚楚地说：“伯母，宦伯伯已经去世了。”

宦太太瞪着自由，呆了半晌，过一会儿，像是没有听见这句话似的，自言自语道：“房间要整理整理，人要回来了。”

自由无奈，静静坐下。

宦楣只得与她闲话家常：“你晒黑了。”

“我们无事可做，无处可去，只得在后园晒太阳。”

“毛豆好像胖些。”

“他喝得太多，所以面孔有点浮肿。”

“脾气很坏吧？”

"刚相反，一句话都没有，下午三点钟便用威士忌打底，喝够了便看球赛，然后乖乖睡觉。"

"你呢，觉不觉得沉闷？"

"害怕多过沉闷，每天只能睡三数小时。"

"你对宦晖真好。"

自由微笑，过一会儿说："他决定这件事之后已经放下酒瓶。"

"你会等他？"

"我们一起经历的事实在不少，现在已经面临大结局，当然要等。"

宦楣傻傻地看着自由，这个女孩子，对宦晖毫无保留，如果宗平……但这样想是不公平的，宗平是男人，叫他舍弃所有的社会责任之后，他也不再是邓宗平。

"眉豆，我认为你应该出国寻求新生活，伯母由我来照顾。"

宦楣微笑："她是我的生母，怎么可以推卸责任。"

第二天早上，自由告诉宦楣："有没有人同你说，你半夜不住梦呓，并且似狼人般地号叫？"

“我？”宦楣不信，“我睡得很静。”

自由摇摇头：“你辗转反侧，噩梦连连。”

宦楣发呆，过一会儿她说：“我在长智齿，所以睡不好。”

自由幽默地接上去：“要不就是床铺太硬或是临睡前看过恐怖电影。”

宦楣肯定：“是的，一定是这样。”

“我约了邓宗平大律师今午见面。”自由告诉她。

宦楣一怔。

“他已经接下宦晖的案子。”

宦楣心头一宽，鼻梁正中发酸，她用手捂着眼睛来揉。

“都说他是最好的人才，我觉得宦晖会有希望。”自由站起来，“我想回娘家看一看。”

宦太太在一边点她：“你可别空手去。”

自由笑了，转身向宦楣：“你呢，有没有约？”

“今日休假，我回床上去。还睡还睡，直到醒来无味。”

宦楣已经忘记那些劳什子星群，也久已没有心情打开小说，最近掌心长出薄薄一层茧，拎公事包也是粗活。

她瞪着镜内的宦楣半晌，细细观察她的五官，到后头来，发觉镜中人嘴唇不住颤动，像是无法控制细微的神经系统。

宦楣逼于无奈，竟然笑出来。

下午，邓宗平与两位女士商谈良久。

宗平声音很低很温和："宦先生已经过世，宦晖一人串谋讹骗之说有争辩余地，他一回到本市我就会代表他。"

宦楣问："你接受聘请，是自由出面的缘故？"

他摇头。

宦楣轻轻问："不会是因为我吧？"

邓宗平苦笑："你是全市唯一对我投不信任票的人。"

宦楣说："请把故事告诉我。"

"这是我同聂君的协议。"

"你与谁？"宦楣大吃一惊。

"宦晖想知道他的前途，通过聂君与我商议，我欢迎他回来接受裁判。"

宦楣苦涩地笑："仍然是为了正义。"

邓宗平看着她："但愿有一日，我可以改变你的偏见。"

宦楣没有再分辩。

走在街上，自由对她说：“天气已经很暖和，让我帮你把夏季衣裳找出来。”

宦晖是隔了整整三个月才回来的。

老赵并没有派宦楣做这宗新闻，四周的同事，当着宦楣，一字不提。

由此可知，变成一个极大的试练。

老赵通过许绮年，问宦楣可需告假。

宦楣微笑：“先是为这个休假，然后理由可多了，一会儿是因为有人批评我的发型，不久又因为脸上长了疱，接着消化不良，动了胃气，敢情好，都不用干活了。”

许绮年看着她点点头。

“你呢，你为私事告过假没有？”宦楣问许绮年。

“要我消失，非得把我干掉不可。”

宦楣笑：“我在追运输消息，两条隧道拥挤情况若不加以改善，我们会一直弹劾下去，看谁觉得疲倦。”

“一定是他们。”

“谢谢你的支持。”

晚上，自由整夜踱步，整幢大厦，只有一格子亮光，售货员已把她当作熟客。

买了整条香烟回来，倒不一定是抽，搁那里，下次又想出去走的时候，再借口是买香烟。

早已经没有第二个话题，一开口便是宦晖。

自由建议："说说你吧。"

宦楣不同意："我有什么可说的。"

又沉默下来，然后两人齐齐开口："宦晖……"

马上苦笑噤声。

一天清晨，自由在阅报的时候轻轻嚷出来："眉豆，快来看。"

"我不要看，我没看报纸已有大半年了。"

"这是另外一件事，我读给你听。"

"我不要听。"

自由不理她，自管自读："独立花园别墅出售：位于本岛麦花臣山道七号花园别墅乙间，地契九千呎[1]，上盖面积约六千呎，独立花园，有盖车房，有泳池，全海景，可自

---

[1] 呎：指英尺。

住及收租，即交吉。”

自由放下报纸。

宦楣本来在发呆，连忙缓过来：“麦花臣山道七号，这个地址，听起来熟透了。”

自由说：“是，真好像才是昨天的事，我在那里做过客你知道。”

“是，我知道。”

自由把报纸搁在一旁：“那间豪华的宅子，不知将由谁得了去。”

宦楣说：“新贵。”

自由疑惑地问：“房子是宦家盖的吗？”

“不是。”

“那么，你们之前，谁住在那里？”

这个问题可真把宦楣问倒了，她从来没有关心过这件事：“我不晓得。”

自由的想象力却奔驰开去：“他们又为什么搬走？”

“你得问我母亲。”

“我发觉这栋豪华住宅简直可以道出本市沧桑与兴

衰史。”

自由永远这样乐观。

“宦家的故事已经结束了。”宦楣轻轻说。

“不，”自由反对，“宦家在那栋豪宅里的一章已告终结，但是故事仍然继续。”

宦楣感动了，她说得真好。

“我们一定得努力写下一章。”自由站起来。

“你有事？”

“我兄嫂开了一家小小花店，我去帮忙，赚点零用。”

是，宦楣颔首，另外一章。宦家的女人一个个自力更生，已与前文无关。

她收拾公事包上班去。

回到新闻室，第一件事便是捧着电话与运输署的发言人纠缠，她看见老赵用手招她。

她结束对话过去。

他脸容很严肃：“明天立法局辩论白皮书，可能要否决直选。”

宦楣看着他。

“我要派你去访问邓宗平。”

宦楣立刻垂下双眼。

“他对这件事一定有十分激烈的观点。”

当然，宦楣想，这件事是他心头肉。

老赵说：“该项任务就派给你了，你对他应有充分认识，听说他做过你老师。”他听到的还不止这个。

“能不能派别人去？”宦楣鼓起勇气。

老赵看着她一会儿，温和地说：“眉豆，在未来的一段日子里，我们可以预见邓宗平将成为明日之星，无可避免地牵涉到许多新闻，我恐怕你会避无可避。”

宦楣自喉咙底里说：避得一时是一时。

老赵笑，他听懂宦楣的腹语，于是说：“适应新生活最简单的方法是把旧生活忘掉。”

宦楣终于说：“我去。”

“好了。”

“还有一件事。”

宦楣转过头来。

“今天史提文笙离职，我们到牛与熊送他，你也一起来吧，我们都渴望听听你的笑声。”

宦楣说：“我会出现，但不肯定是否还记得笑。”

“你当然记得，欢笑同骑脚踏车一样，学会之后，永远不会忘记。”

“谢谢你。”

“甭提。”老赵挥挥手。

“啊，如果你不介意我问，你同许绮年有无进展？”

老赵即时垂头丧气：“她叫我减掉十公斤之后再约她。”

宦楣忍着忍着，走到茶水房，才对着墙角笑得弯腰。

不管怎么样，生活还得延续，适当的时候，她还得练习笑。

下午，宦楣收到一封信。

厚厚一沓，在手中掂一掂，很有点分量，宦楣认识墨水的颜色以及这一手钢笔字。

信封上贴着法国邮票，是一张毕加索画的和平鸽，信自巴黎一〇六区朗尚路的邮局寄出。

他又调到花都去了，抑或纯粹度假？

不拆开信就永远不会知道。

宜楣深深想念这个人，无限地感激他，但正如智者所言，不忘记旧生活，就没有新生活。

她看着信封，下了决定。

刚在这个时候，一个同事经过，看见信上别致的邮票，马上问：“小女集邮，可否赐我？”

宜楣随和地点点头，取过剪刀，小心翼翼把邮票剪出，交给同事，他千恩万谢地收下走了。

自信封开了一个小小的天窗。

宜楣看到的字有“月未落”，接着另一行“黄昏”，第三行“已过一朔”。

她拿着信，到影印房，轻轻把它放进切纸机，按了钮，一刹那整封信化为碎面条。

宜楣蹲下，把每一条碎片都仔细拾起，装进一只大牛皮信封，封好，抱在胸前。

她哭了。

过了两天，邓宗平在一个招待会上，愤懑抨击白皮书否决直选，是完全背弃大多数市民的意愿，违背四年前的承诺。

宦楣偕一位负责摄影的同事坐在一角听他的演说："当局用民意反民意，混淆视听，似是而非，侮辱市民智慧。"

宦楣的同事啧啧连声："哗，这么大胆的言论，这小子有种。"

宦楣微笑。

邓宗平并没有看到她，继续说下去："市民仍拥有无形的信心一票，数以千计载满汽车、日用品的货柜，运离本市，着实有助本市成为第一大货柜港。"

听众哄然，苦笑连连。

同事竖起大拇指："好！"

宦楣瞪他一眼："公众场所，勿谈政事。"

同事看她一眼："实不相瞒。"他心痒难搔，"听说你们曾是好朋友。"

宦楣大方地回答："现在也仍是朋友。"

"但是明显地疏远了，为什么？"

宦楣轻轻答："我想我配不上他。"

"胡说。"那摄影同事打抱不平，"我看你们不知多匹配。"

宦楣忽然间对一个陌生人吐出真言："他要做的正经事太多，哪有时间造福家庭。"

同事惋惜地说："对，应付得现场观众，就冷落家庭观众。"说得这样趣致，他自己先笑起来。

宦楣也跟着笑。

邓宗平演说完毕，众记者一拥而上去做专访，宦楣不甘人后，排众而上，把麦克风递上去。

邓宗平终于看到了她，四目交投，百感交集，在这一刹那，两人所获得的了解，比他们以往所有的日子加在一起更多。

宦楣趋前去发问："邓律师，可以看得出你感到本市有狂风将至。"

邓宗平凝视她："这是我听过最好的形容。"